陈 晖 著

中国图画书创作的理论与实践

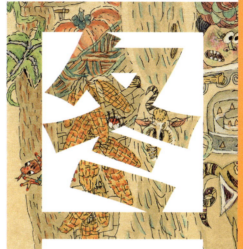

湖南少年儿童出版社
HUNAN JUVENILE & CHILDREN'S PUBLISHING HOUSE

zhongguotuhuashuchuangzuodelilunyushijian

湖南少年儿童出版社
www.hnjcph.com
出　品

序言

为中国原创图画书的现在与未来

关于中国原创图画书历史、关于中国图画书创作的讨论，需要设置一些背景及前提条件，其中最为重要的是图画书概念、内涵及外延的设定。比如我们将图画书概念核心认定为"以图为主、通过图画和文字相互配合、实现信息的传递与故事的讲述"，认定图画书是发端于欧美、由传统图文并茂的儿童读物发展而来、仅有一个多世纪历史的儿童读物品种，认定图画书除文学的内涵外，包含更多绘画、设计等视觉艺术范畴的内容，并以想象力、独特创意及艺术个性为特质。

对中国图画书历史起点的认定也同样重要。近年来有图画书研究者关注到 20 世纪 20 ~ 60 年代中国作家和画家创作的儿童图画故事书，关注到这些文本具有的图画书性状，包括其中的经典作品在图文共同讲述故事方面相当圆熟的呈现与表达。起点不同范围不同，视点及视域不同，对中国图画书创作的观察与发现、思考与结论也会不同。

20 世纪 80、90 年代开启了中国图画书的新纪元，与国外图画书作品的小规模引进同步。中国的作家与画家很快认识到西方国家以及日本等国的图画书体裁概念，与中国传统图画故事书有所不同，其更多具有针对儿童审美趣味的创意设计，有基于媒材、技法及个性风格的艺术创新。一批先行者从比照及交融中外传统入手，通过揣摩文本范式汲取域外经验，开始了本土的图画书创作实践。

进入新世纪之后，受国家政策鼓励扶持、阅读产业社会环境向好等因素影响，中国图画书发展迅猛。众多才能卓著的儿童文学作家，许多才华横溢的青年画者，争先加入图画书的创作行列，各种类别、题材及风格的作品大量产出。这些图画书描绘儿童丰富多彩的生活与情感，表现中国的悠久历史与灿烂文化，讲述中国故事、展示中国风貌，其中最优秀的作品已具有跻身世界舞台的水准及影响力。

以图画和文字两套符号系统表意的图画书，艺术表现趋于自由、丰富、开放。相对于有较长时期创作积累的世界各国，中国图画书现在仍处于起步及成长阶段。对包括作者、画者、编辑在内的创作者而言，图画书叙事与图画讲述、图画书的创意及设计完成、图画书的布局及视觉符码体系、绘画艺术的流派与风格、多元文化的承载与表达等，都还有深入把握、全面理解、充分实践的必要。或者还有图画书创作方向的考量，"为儿童"亦或"为艺术"，以及在"为儿童"的取向下是否充分体现儿童立场、体现先进教育观，这些都将在很大程度上决定中国图画书的高度与水准，决定中国图画书的儿童接受和面向世界的传播。

从立足当下、促进创作的目的出发，本书的讨论主要关联中国图画书近30年的创作，以点面结合的方式，从理论及作品两个部分展开。我们致敬中国图画书现有成就和既有成果，描画本土原创图画书的发展轨迹及轮廓，客观审视中国图画书优长与缺失，切实关注中国图画书创作中存在的问题，探寻突破的方向与路径，希望能以基础的建设性工作，助力中国图画书以坚实的步伐走向辉煌的未来。

目　录

第一部分

中国图画书创作
理论研究

图画书与中国原创图画书

图画书的概念和种类

　　图画书概念的定义是讨论图画书创作的前提及基础。图画书其实是一个集合的概念，是一个开放的、不断被拓展的、一直处在变化及创建中的概念，是一个任何结论与定见随时可能被冲破、颠覆、抛弃的概念，任何相关的定义需要格外的谨慎。在一些学者的界定中，图画书不被认定是儿童的或是儿童文学的，不被认定为一种体裁或一种读物形式，甚至不被认定为一种"书"。

　　加拿大学者佩里·诺德曼在著作《说说图画：儿童图画书的叙事艺术》中开宗明义给出的图画书概念是：

　　　　图画书，不同于其他任何语言艺术或视觉艺术的形式，这种以年幼孩子为读者对象的书，通过一系列的图画，结合较少的文字或完全没有文字，来传达信息或讲故事。

　　美国丹尼丝·I.马图卡的著作《图画书宝典》中引用了一些学者的定义，比如劳伦斯·西普认为的图画书"是一部由文字和图画共同构成的艺术作品，从封面到封底，每一个细节的设计，都为儿童提供了一个整体的审美体验"等，同时也列出了美国图书馆协会界定的图画书标准：

> 儿童图画书与其他图文并茂的图书不同，它旨在为儿童提供视觉的体验。它依靠一系列图画和文字的互动来呈现完整的故事情节、主题和思想。

法国研究者苏菲·范德林登在《一本书读透图画书》中表明了观点，从狭义上的理解出发，图画书是"通过图画和文字的共同作用，或仅通过图画来叙事的书"，但广义上看，她倾向于认可戴维·刘易斯对当代图画书的定义："图画书不是一种体裁……图画书里我们能找到的是一种包含或吸收了体裁、语言形式和插画形式的表达方式"，她认为图画书主要靠"物质结构将它与其他带有插画的青少年读物区分开来"。

不同专业背景的图画书研究者已达成的共识包括：图画书是"图画"和"文字"结合而成的"复合"文本，通常是由"图像"和"语言"两个符号系统共同呈现，并在作者与读者交互作用中完成其艺术空间的最终构建；图画书作品会反映特定时代和社会的文学、美学、教育学的理念，体现作者和绘者个人的情感、态度、价值观及艺术个性；图画书主要为儿童创作，但许多作品拥有并适合包括成人在内的广大读者；图画书是文学的，更是艺术的，无论怎样定义其概念的内涵和外延，都要充分理解到图画书的新颖、独特、广阔、丰富与深刻。

图画书涵盖的领域非常广泛，首先需要区分于各类儿童插画读物，包括以图画作为装饰的插图书、儿童喜闻乐见的漫画书、为特定年龄阶段儿童精准设计的桥梁书等，在我国，还有连环画及幼儿图画故事等品类。在各类插画读物相互交融、界限越来越模糊的情况下，确定它们与图画书的边界尤为困难。各种类型的认知书、各种桥梁书及各类玩具书等可以大致归入图画书范围，而小说、戏剧、诗歌、漫画、影像等与图画书的结合文本，可能要根据其具体文本的状态进行图画书种属的归类。

图画书的分类由此变得更为复杂。依靠一些相对明晰的划分标准，图画书会做出一些大致的分类，但更多的时候，这种分类无法实现，或者没有太多的必要和意义。

儿童图画书与成人图画书只有大致的区分。儿童图画书的预设读者是儿童，即使部分考虑了作为挑选、购买或助读的成年人的取向，但内容及表现趣味都有切合儿童接受的针对性；成人图画书更多将图画书看成视觉艺术或造型艺术创新的载体，会将成人作为目标读者而选择成人感兴趣的主题、风格及呈现方式，其创作、传播与接受不同于儿童图画书或完全不考虑儿童读者的趣味。相当一部分的图画书可能兼顾儿童与成人读者，即所谓适合0～99岁读者，但这些读者中的成人，多数是指导或连接儿童阅读的群体。

认知类图画书与图画故事书可以做出区分。认知类图画书样式和形式多种多样，比较重视媒材使用、设计感及视觉效果，内容具有明显的认知属性与功能性，针对或适合各年龄阶段儿童的教学；图画故事书更具有文学属性，不管文字量多少，包括完全没有叙述文字的无字书在内，都会依靠图或图文的相互衔接讲述一个故事。

虚构和非虚构有时会作为图画书题材分类的一个标准。传统故事类、童话故事类等细分则主要针对故事内容。

图画书中种类之间的融通无处不在。苏菲·范德林登的《一本书读透图画书》列举了很多交互的品类。一些带有故事场景或故事情境的玩具书、立体书、活动书，一些带有触感、音效或附带手工游戏材料的书，它们面向低龄读者，是"引发好奇心与想象力的知觉沟通的基础范本"；另一些艺术类作品的创意来源于前卫的造型艺术家，"将书籍看作他们创作的阵地和对象"，让书籍"走进了美学、断裂性叙事及非连续叙事等更多领域"。

图画故事书是阅读者、创作者和研究者最为关注的图画书种类，是图画书的核心构成。在不特别注明的情况下，有时图画书被狭义地认定为图画故事书。以故事定义图画书也未必合适，认知类图画书中故事情境及故事元素十分常见，一些创意设计及趣味方面非常典型的图画书，其故事性或故事成分反而比较淡薄。

这也许正好说明，关于图画书内涵与外延的所有结论，或者都是相对的。

〔法〕苏菲·范德林登／文
陈维、袁阳／译

世界儿童图画书的发生、发展与繁荣

以图画配合或辅佐文字向儿童传递思想、文化或信息，世界各国都有悠久的历史及传统。1658年夸美纽斯的《世界图解》首次出版，史学研究者认定其在儿童读物中具有划时代意义，而图画书研究者则倾向于将这本版画插图的辞书看成"第一本图画书"。《世界图解》作为图画书性质的认定或者还是象征意义的，是一种追本溯源。《世界图解》将图画和文字结合并作为了儿童读物的基本范式，以插画拓展和补充文字，提升并确立了图画在儿童读物中的地位。这本书的流传，让夸美纽斯当时具有开创性的理念得到推广及确认：图画配合文字及图文并茂的方式，契合儿童的身心发展，迎合儿童的审美及欣赏趣味，更为儿童喜闻乐见，更有表达与接受的效果。

世界各国图画书历史的起点，通常以某部经典作品的创作出版时间为标记，大约都在19世纪上半叶。判断哪个作家或画家的哪部作品已经是典型或真正意义的图画书并认定为世界图画书的开端，会有不同的结论，也会有一些更早时期的作品需要甄别，将某个时期确定为图画书的发生期相对合理。从带插图的儿童读物到为独立体裁概念的图画书有一个过程，在图画书最早发端的一些国家和地区，这个渐变过程可以通过文本例证清晰显示。

在英国、美国还有法国等欧美国家，这个进程中有不少具有研究价值的作品，它们存在于插图类儿童读物到图画书的过渡时期，可以看成图画书孕育期或雏形期的文本。如果放宽至图文配合的广大视域，一些国家的古代典籍（比如中国的《对相四言》与《日记故事》），其问世的时间早于《世界图解》问世的18世纪中叶。对世界图画书早期作品的确认，应更多定位于它们区别于一般图文读物的特质，除了图画与文字的空间占比多少，还应特别考虑图的状态，图在意义表示、故事讲述及趣味生成的意义，还有图画与文字间的关联和互动。图画书体裁的独立及成熟形态的作品首要在图的性状，图画书以图为主体，图已经不只是插图，已经不只是增加阅读兴味、辅助文字表达的手段与工具。

图画书和儿童文学一样，其产生是时代发展、社会运动及文学思潮共同影响的结果。生产力与科学技术发展、人本主义及妇女儿童权益保障、全球经济一体化、信息化及读图时代到来都是相关的原因。在图画书的发生过程中，还有许多因素起到了重要作用，主要包括：儿童为本的教育观及阅读理念、儿童读物插画与装帧设计水平的提升、印刷设备及技术的进步、图书市场的商业运作、中产阶级兴起带来的文化消费购买力等。

图画书的创作会更多地受文学艺术及文化思潮的引领和推动，图画书体式的建构和拓展、视觉艺术及设计理念、媒材与技法的创新实验、绘画艺术的流变和嬗变等受其影响尤其深刻，20世纪中叶世界图画书开始渐入佳境、成就斐然，21世纪各国图画书的日新月异、突飞猛进，都以此为基础。

世界图画书进入鼎盛期有两个方面的标志，一是创作的欣欣向荣和优秀作品的层出不穷，另一方面是这些艺术精湛、文化多元的作品在世界范围迅速地传播及推广，两方面产生的集合效应，让图画书越来越以规模化及产业化的模式驱动及带动。图画书的繁荣是世界性的，是各国共同造就的，中国图画书30年来的迅捷发展，也是其中重要的组成部分。

中国本土的图画书创作

如果将"蒙以养正"的幼学读物包括在内，中国儿童读物源远流长的历史中，以图配文灌输道理、传授知识是一以贯之的传统。考察诸多蒙学典籍及其不同时代流传的版本，那些线条简洁、勾勒精细的木刻画插图中，多有天地河山、花草树木、鸟兽虫鱼等风物，也常见垂髫小童形象或他们三五成群嬉闹的场面，颇具童稚趣味。而广受欢迎、老少咸宜的那些通俗文学，诸如绣像小说、历史演义、志怪传奇之类，一旦配有神魔仙妖、英雄好汉、市井人物活灵活现的形象，也是事实上的少儿读物。还有各个时期各种形态的连环画，亦可看成中国图画书史前期作品，看成与世界各国早期插画文本相媲美相呼应的参照。

中国现代儿童文学发轫于 20 世纪初。在世纪之交承先启后、新旧交替的特殊历史时期，依托西学东渐的时代风潮，儿童读物的译介蔚然成风，但以童话、小说、故事为主，少见图画书文本，除了译者的观念取舍，估计也有当时印刷技术条件及成本的原因。新文化运动前后创办并产生广泛影响力的儿童期刊，多辟有以图画或漫画讲故事的栏目，根植于中国图画故事传统，也有外来影响的渗透，其中一些出类拔萃的作品，比如长篇图画故事《河马幼稚园》，内容领时代之风气，艺术表现独树一帜，已经有了图画书的雏形。而同时期小学语文教科书及课外读本中的一些图画故事，也有逐步接近图画书的艺术状态。它们代表着中国图画书创作萌发期较早的艺术实践。

20世纪50～60年代是中国儿童读物创作出版的第一个黄金期，儿童文学繁荣，幼儿文学成果丰硕，其中的图画故事书非常受人瞩目，代表作有《萝卜回来了》《小山羊和小老虎》《神笔马良》等。这些作品多由画家在作家的故事基础上创作图画，图画和文字体量均等，主题思想突出教育性，儿童趣味浓郁，民族及本土文化气息浓厚。一些文本的图画表现非常出色，绘者多是功力深厚、技艺超群的大家，个人风格独特，有独立于文字、超越文字的艺术发挥，图文间亦有相辅相成的配合与融合。长江少年儿童出版社的"百年百部中国儿童图画书经典书系"正是对这部分优秀作品进行集中发掘整理，启动重新出版的工程。

唐亚明、鲁兵等／文
于大武、贺友直／图

中国图画书新的历史时期开启于20世纪80、90年代。世界图画书一个多世纪积累的经典文本，随着中国出版界童书如潮水般涌入的超大规模引进，画面精彩、故事有趣、创意新奇、风格多样的图画书很快成为最吸睛抢眼、最受追捧的儿童读物品种。随着图画书在童书领域热度的不断攀升，中国的作家、画家与童书出版机构快速集结，图画书的本土原创十余年间就实现了作品量的成倍增长并取得创作水平的显著进步，以湖南画家蔡皋1993年获得布拉迪斯拉发国际儿童图书展"金苹果奖"为先导，越来越多中国图画书作家的作品在图画书的世界舞台崭露头角，获得荣誉、享有声誉。

进入21世纪，受国家文化战略及政策导向的激励，在中国少年儿童出版社、明天出版社、接力出版社、二十一世纪出版社、天天出版社、湖南少年儿童出版社等为代表的各主要儿童读物出版机构推动下，中国图画书进入了创作飞速发展的新的历史时期，中国原创图画书在传承中国优秀文化、反映中国儿童的生活及成长、讲述中国故事等方面付诸努力，更在图画书创意、图文关系创建、媒材与技法等层面着力探索，整体艺术水准有稳步提高。

由于各国各时代图画书经典汇集中国童书市场，图画书的中国原创有博采众长的优势，也面临国际竞品的巨大挑战。中国孩子的成长需要本土图画书的滋养和陪伴，但读者期待并要求中国图画书足够优质及优秀。如何让图画书彰显出文字和图画两种符号交互共生的特质，让图画书创意更为新颖独特，让图画书具有与读者互动的趣味性、具有契合儿童多元智能发展的优越性，中国图画书还需要更好的表现；如何让中国故事、中国元素自然融入图画书的思想及艺术，让中国文化有丰富、优美、面向世界的表达，如何让图画书有真正的儿童立场、儿童精神、儿童想象和儿童情趣，贴近儿童心灵、赢得儿童的喜爱，如何更多产出具有世界影响力的经典作品，中国图画书还需要更多的创作实践。

本书对中国图画书的讨论将主要围绕图画故事书展开，理论研究部分从图画书的构成出发，重点探讨中国原创在题材与主题、故事讲述、图画叙事、文字表现、图文关系、创意设计等方面的性状以及未来发展的方向；作品研究部分则选择有代表性的图画故事书进行文本分析，为展现中国图画书的全貌，亦会兼及一些有代表性的非虚构文本及认知类图画书。

中国图画书近30年的发展与成长，得益于域外先进经验的汲取，世界各国图画书经典作品包括理论经典的引进、图画书领域的国际合作及海内外交流都发挥了积极的作用。为聚焦论题，本书主要引证国外有关理论著作，不对世界各国图画书经典做分析或比较研究，同时因为发展阶段及状况不同，台湾地区及海外华人创作者的作品，只进行个别案例的讨论。中国作家画家与国外创作者合作完成、首先在国内出版的作品，视为中国本土原创纳入论说的范畴。相关评论以描述型或分析型为主，不侧重非文学方向的社会型批评，不着重于视觉艺术或绘画艺术专业角度的深入探讨。

中国图画书的题材和主题

∞
丰富的题材与鲜明的主题

  图画书的题材与主题的选择和确定，有适合图画书性质及形制的考量，但读者接受会产生决定性影响。以儿童为预设读者的图画书，会切合儿童的身心发展、对应儿童的成长需求及审美趣味，题材丰富、主题鲜明是基本的方向。中国图画书的题材和主题同样如此。

  儿童的生活故事、幻想故事和动物故事，神话传说及民间故事，中国文化和中国风土风物的故事，是原创图画书集中表现的题材领域。

  围绕儿童的现实和内心情感，形成了一些基本的题材及主题内容，比如家庭、亲情、学校、伙伴、游戏、幻想等，《荷花镇的早市》《团圆》《旅伴》《辫子》《西西》《和我玩吧》《翼娃子》《桃花鱼婆婆》《我是谁》《了不起的罗恩》《明天见》《小狗，我的小狗》《看得见风景的阳台》等作品，依托不同的人物和故事场景，对相关选题进行异彩纷呈地表现，涉及儿童道德建设与修复、心智与情感培育、社会及文化生活的方方面面，儿童的自我接受与认同、独立与自主，同伴之间的平等与尊重、合作与互助等，成为许多图画书共同演绎的"主旋律"。其中一些图画书比较深入地反映了儿童的心理现实，比如《妖怪山》就直面儿童心理及行为的错失，借助幻想的力量，表现儿童的道德修复与自我救赎的心路历程；《躲猫猫大王》以孩子们发自内心的纯真善意，传递了对特殊儿童的关爱；《怪物爸爸》梦幻而动人地表达了天人永隔的父子间的情感。《我依然爱你》《外婆变成了老娃娃》等作品则以爱心与责任感为行为示范。以作品传递公平正义的社会理想、积极乐观的人生态度，是中国图画书创作者的理性选择，是原创图画书思想价值之所在。

从儿童生活出发，以儿童的视角回望童年及乡土，记录时代与社会的图画书作品也比较多，像《夏夜音乐会》《冬夜说书人》《麻雀》《饭票》《蓝马和苍鹰》《那些年那座城》都是这类题材的代表，20世纪中叶的各个年代，中国城市及乡村的生活图景都有鲜活的再现，如《红菇娘》《牙齿，牙齿，扔屋顶》《和我玩吧》《公鸡的唾沫》《毛毛，回家喽！》《小美的记号》《回乡下》《阿婆的空中菜园》等作品，即使作家的文字或故事叙述呈现的年代印记不那么确切，绘者选取的画风也会带出相当浓厚的时代气息。

基于对儿童的爱与责任，也延续幼儿文学的创作传统，针对儿童实际教育需求的作品在中国图画书中占到了一定的比例，"快乐小猪波波飞系列"是其中的代表作品。作家高洪波的创作文本生活气息浓郁，情趣生动，节奏明快；画家李蓉的画风简约稚拙、活泼天真，图文相得益彰，整套书系以文学性与艺术性的交融引

高洪波/文　李蓉/图

领教育主题类图画书的方向。

以学龄前儿童为读者对象、跟学前教育结合紧密的图画书，主题及内容会有明确的针对性，创作者通过把握儿童心理及情趣，交互儿童现实与想象，会让作品文质兼美。《青蛙与男孩》让男孩以独立勇敢、自主自信的形象穿越于真幻交错的时空，以"找相同""找不同"的游戏实现对自我的认知，别具巧思的创意及细节设计让人印象深刻。《我是谁》以一个名叫咪咪的小女孩的自述，将有哲学高度的问题转化为孩子的生活日常，展开"自"我和"他"我多个层面不同角度的比照，自然而贴切、生动又活泼，能够卓有成效地引导孩子接纳自我、认识自我。

部分图画书遵循功能化方向对题材及主题进行了细分。这类作品更多介于文学类图画书和认知类图画书之间，编创作品大概都有预设的功能主题，比如"生命教育""社会认知""情绪管理""同伴关系"等。在能够保持文学和艺术品质的前提下，"主题先行"或"主题标签"能够迎合大众的需要，特别受到家长和教师的青睐。其中的一些精品，比如华东师范大学出版社画家王晓明的"人文科学"图画书系列、江苏少年儿童出版社的"我真棒"幼儿成长图画书系列、明天出版社的"小肚兜"幼儿情感启蒙故事系列、安徽少年儿童出版社的"宝贝，我懂你"系列等都有积极的反响和评价。

童话和幻想故事在中国图画书中占有很大的比重。有动物拟人角色为主人公的，比如《火焰》《迟到的理由》《黑米走丢了》《我是老虎我怕谁》《吃黑夜的大象》《别让太阳掉下来》《小黑鸡》《什么都想要的兔狲》；也有孩子游走穿行于幻想世界的，比如《妖怪山》《那只深蓝色的鸟是我爸爸》《不要和青蛙跳绳》《怪物爸爸》《外婆家的马》《驴家族》等。儿童和幻想不仅作为题材选项更作为基本元素，以各种形态变化组合存在于其他各类选材的图画书文本中。

中国文化特别是历史及传统文化的取材在中国原创图画书中非常突出，受人关注的作品有《桃花源的故事》《盘中餐》《百鸟羽衣》《进城》《十面埋伏》《梁山伯与祝英台》《刀马旦》《封神传》《三十六个字》《兔儿爷丢了耳朵》等单本书，以及熊亮的"情韵中国"、向华的"中国民间童话系列"、蔡皋和萧翱子的"童心童谣绘本"、保冬妮的"小时候"中国图画书系列、李健的"故事中国"图画书、海飞的"国粹戏剧图画书"、李蓉的"亲爱的古代朋友"等套系书。很多出版机构都有这个选题方向的成功策划，比如人民邮电出版社的"中国国家博物馆儿童历史百科绘本"、海豚出版社的"这就是二十四节气"、明天出版社的"中国非物质文化遗产图画书大系"、北京少年儿童出版社"金波·好玩儿绘本"、北京师范大学出版社的"水墨汉字绘本"和"可爱的中国地理科学绘本"等。

《盘中餐》选择云南元阳梯田为背景，以二十四节气为线索，用精细唯美的画面记录式地展现中国水稻的种植过程。画家着重于人们劳作及生活日常的各种场景的描绘，读者可以从中看到农人下田劳作的辛苦、庆祝丰收的喜悦、顺应时序的安乐、守望相助的和谐，图画书通过乡间农耕描画的不仅是中国悠久的农耕文明，更是中国人的态度与精神，是中国人祖祖辈辈与土地相互依存的文化传统，作品因此带给了读者深长的感动。

于虹呈 / 文·图

015

于大武 / 文·图

汤素兰等 / 撰文
陈士平等 / 整理
陈巽如等 / 图
胡丹 / 译

画家于大武继《北京——中轴线上的城市》之后创作了《一条大河》，这是一部历时三年才得以完成的鸿篇巨制。从图画书大气磅礴、激情澎湃的壮美画卷中，读者不但能够领略黄河一路奔腾入海的恢弘气势与万千气象，更能博览黄河流经地域古往今来的文明与历史、文化与科技，体悟中华文明的源远流长、博大精深，感奋中华民族强大的生命力与创造力，相信我们的国家和人民能够承先启后、继往开来，以中国的繁荣昌盛为世界、人类做出更大贡献。

同样立足于传承民族文化、民间及乡土文化，很多图画书取材于神话传说故事、民间故事，除了《九色鹿》《金鸟》《哪吒闹海》《斗年兽》《三个和尚》等单本图画书，各出版社推出的少数民族题材的图画书套系也比较多，上海人民美术出版社的"开天辟地——中华创世神话连环画绘本系列"、湖南少年儿童出版社的"中国民族节日风俗故事画库"，是其中有影响力的代表。"中国民族节日风俗故事画库"由汤素兰、冰波、萧袤、王一梅等知名作家与蔡皋、陈巽如、陈雅丹、朱训德、廖正华等画家合作完成，《土家族·晒龙袍的六月六》《布依族·神牛牵出牛王节》《藏族·神圣吉祥的沐浴节》《苗族·万朵花开四月八》《傣族·孔雀之乡的泼水节》等，都是文学性、艺术性及文化性俱佳的精品。

图画书有重点的题材领域，当创作者们依从自己的审美偏好及艺术优长选材，中国图画书题材便有了多元多变的格局和面貌。投射生命及哲理思考的有《安的种子》《我要飞》《小黑和小白》《太阳和阴凉儿》《想要不一样》等，以天马行空的想象、幽默情趣为特色的《跑跑镇》《葡萄》《老糖夫妇去旅行》，还有热闹搞笑、滑稽怪诞、无厘头的，比如《天啊！错啦！》《公主怎样挖鼻屎》《我用32个屁打跑了睡魔怪》《两个天才》等。

非虚构类图画书有不少引人注目的作品，像《会说话的手》《记事情》《出生的故事》《这是谁的脚印？》《我看见一只鸟》《小千鸟》《企鹅冰书：哪里才是我的家？》《小猫小猫怎样叫？》等。由彭懿倾力打造的《巴夭人的孩子》《驯鹿人的孩子》《山溪唱歌》《仙女花开》等摄影绘本或者可归于这个类别。

表现战争与和平内容的图画书，是原创图画书选材向宽阔及深远推进的一个标志。解放军文艺出版社在纪念反法西斯战争胜利70周年的历史节点推出了"和平鸽绘本"系列，以《南京那一年》等力作，直面战争的无情和残酷；译林出版社的"祈愿和平——中日韩三国共创绘本"系列以"记录历史的伤痛与传递和平的美好"为宗旨，包含《迷戏》《火城·一九三八》《两张老照片的故事》等本土原创。中国少年儿童出版社则有重磅作品《一颗子弹的飞行》推出，以极具想象力及象征性的宏大构思，从人类命运共同体的高度，控诉战争对人类文明、对幸福生活的摧残与破坏，表现不同种族、不同国家和地区人们共同的和平理想。战争题材图画书中的《远去的马蹄声》《红军柳》《归来》等，以中国革命不同阶段的历史故事，表达家国情怀，作品具有思想意义及教育价值。

中国图画书的题材和主题经常有交叉和叠加的状况。有历史结合乡土的，比如《驿马》《铁门胡同》《远山牛铃声》《吹糖人》，有中国文化兼具哲理智慧的，比如《云朵一样的八哥》《羽毛》《柠檬蝶》《一只特立独行的猪》，有民间工艺交融童话幻想的，比如《乌龟一家去看海》《阿诗有块大花布》《阿兔的小瓷碗》，有诗歌散文兼容绘画艺术两者相得益彰的，比如《风是什么味儿的》《和平童谣》《小雨后》《爱画画的诗》《金波的花环诗》《下雪天的声音》等。这些不能简单归类又非常有特色的作品，让中国图画书的题材与主题多了立体的层次感，增添了活泼灵动的气质，特别值得肯定与关注。

近两年的中国图画书在题材方面有了更多新的切入点、增长点和亮点。《大船》以饱满绚烂的画幅展现一艘大船的生命历程和一个海湾渔村的发展历史，描绘与海共生的人们生存及生活方式的与时俱进，内中隐含着对海洋文明过去、现在和未来的思考。《天局》取材作家矫健的同名短篇小说，讲述一个怪才棋痴与天弈棋的传奇故事，东方气韵、汪洋恣意的画风配合雄浑而玄奇的惊天想象，形神合一地将围棋世界引入了图画书的疆域。《李娜：做更好的自己》描写世界网球冠军李娜童年经历，聚焦父亲对李娜成长至关重要的鼓励和陪伴，是图画书在体育题材与人物传记两个层面的突破。

取材域外的图画书有增多的趋向。《苏丹的犀角》以拯救行将灭绝的珍稀动物为题，描绘世界上最后一头雄性北白犀在苏丹、捷克和肯尼亚的三个生命阶段，自然及人文底蕴深厚。湖南少年儿童出版社联合本土作家和国外插画家，推出了"海上丝绸之路"风情艺术绘本系列，取材巴基斯坦、菲律宾、泰国、柬埔寨、孟加拉国和马达加斯加等国的神话传说及民间故事，异域文化色彩浓郁。

预见未来图画书的选材将更为自由而广泛，推动中国图画书从题材到主题向深广处掘进。

图画书题材与主题的拓展方向

图画书艺术的日趋新异，让创作者的选材有无比开阔的天地，而初涉人世的孩子，又对一切未知都抱有探求的兴趣，为他们创作的图画书，题材的选择完全可以包罗万象。在无边的图画书的疆域，发现题材、提炼主题，中国图画书还大有可为。

文以载道是中国的传统，图画书作为陪伴并指引成长的儿童读物，凸显教育主题是必要的，关键是隐含其中的观念及思想要有先进性。我们的创作要依托并根植于正确的教育观和儿童观，要尊重并顺应儿童天性，最大程度地保护儿童权利、促进儿童身心全面发展。具体而言，要能够协助孩子们建立与自然、与社会、与他人的和谐关系，帮助他们应对生活及内心的各种困难和挑战，要对他们包括对抗、叛逆、恐惧、不安、愤怒、焦虑等在内的种种行为和心理，表达来自成人的理解和体恤，给予充分的关怀与支持。图画书教育主题的表现和表达，要结合图文故事，尽可能避免简单、直接、武断及机械，有儿童喜闻乐见的幽默趣味，于潜移默化、润物无声中影响孩子。

教育与时代及社会息息相关。21世纪世界儿童文学和图画书一直在题材领域勇于开拓，涉及社会复杂现实的诸多内容，像死亡、战争、毒品、自杀、犯罪、校园暴力、种族歧视、男女平等、单亲离异、弱势群体生存等，都进入了图画书的取材范围。阅读反馈表明，少年儿童读者对揭露社会问题与阴暗面的图画书，有着切实的阅读需求，对图画书由此延展出的有关人类生存、生命及生活状态方面的深刻主题，亦有强烈的阅读兴趣。

中国图画书创作对敏感尖锐的现实题材较少涉猎，或者与作者的儿童观及教育观相关，也跟创作的难度有关。写实类的图画书文本，内容呈现更为直观，视觉效果可能带来感官刺激，需要有角度及尺度的精确把握，这类题材要求图画书的图文创作者不但有扎实的功力与卓越表现力，还要有宏大的格局，有思想的高度、社会责任感及对儿童读者深切的人文关怀。

图画书题材的拓展经常会通过与各文学体裁相互结合实现。中国图画书可以与科学故事、动物故事、寓言故事，与诗歌、戏剧、传记等形成交集，取材于哲学、艺术、心理、历史、地理、天文、生态等学科领域，让图画书内容配合儿童的好奇心与求知欲，有新的角度及视野。

具有文学及思想文化内涵的图画书，无论什么题材，要引起读者共鸣、让他们有阅读的持久兴趣，都需要有质地厚实的内容，有隐含在内容中的发现与见解，主题要有一定的深广度，不能轻飘肤浅。正如美国作家安·华福·保罗在《如何写好一个故事》中指出的："经久不衰的绘本一定不仅是关于一个单纯事件的，它要表现的东西更大。故事中的问题必定是对某个大主题或问题的探索。它应当反映关于生活和我们这个世界的真相。"

"人类的历史、现实和未来"以及"文化的多元共存与共同发展"，可以是我们图画书进深的主题。中国的图画书创作要努力从儿童视角出发，切近不同时代及社会形态中人们的生活现实，

〔美〕安·华福·保罗 / 文
李昕 / 译

传递人类共同的对"和平、进步、繁荣、幸福、平等"的原则和追求，发现题材更对题材进行纵深的开掘，以求我们的作品有质量及力量，经得起时间的考验，能够陪伴儿童读者的成长，能够对儿童情感态度价值观的确立、对他们文学及美学素养的养成具有意义。

图画书的创作需要对儿童的审美取向有所把握及关照，要了解并认真看待儿童阅读图画书的心理期待和诉求。就题材和主题而言，如何站在儿童的立场贴近他们的关切和趣味，以最大的尊重和信任进行素材选择和内容处理，如何在充分表达自己的见解的同时保持与儿童读者的心灵沟通，是拓展图画书的题材和主题的前提与先决条件。

中国文化题材的图画书，如何面向儿童读者达到文化荷载的有效传递应该是创作者思考的重点。多元文化是图画书的核心价值之所在，中国图画书承载本土文化既是责任与义务，也是特点和优势。但以中华文化作为图画书题材和内容，创作上应尽量避免同质化、表面化和概念化，避免单一指向流行或固化了的中国符号，也不要过度集中于地域风情、民俗民风，要通过图画书特有的表意体系，以国际化的、当代的话语方式，讲好图画书故事，让中国文化以鲜活的姿态、优美的形态，有生命力、有感染力地抵达儿童读者的内心。

中国原创图画书如果基于题材和主题进行细分，我们会发现还有一些方向较为单薄。针对2～4岁低龄幼儿、带有认知或想象力元素的文本、优质的科学及科普类的图画书还比较欠缺，音乐及艺术科学各门类的作品也都需要补充，这些当然更多属于非虚构类，与故事图画书构成及结构大不相同，但指向儿童阅读的文本，还是共有一些创作方面的特点，可以合并讨论。

我们已经有一些具有哲思意味的图画书，但哲学内容和内涵的优秀文本总体偏少，这类作品要有对世界对人生的思索和体悟，兼得人文科学及图画书的优长，要有贴近生活的感性和知性，有吸引青少年读者的妙语、妙喻及妙趣。

中国图画书还需要更多以天马行空的奇思妙想为主要内容的作品。一些很少或不使用文字，极富想象力和创意，最大限度地表现了幻想的壮观、神奇和怪诞，自由奔放、狂野不羁，呼应着儿童读者内心的幻想冲动与愿望，能够给予他们美妙的刺激和酣畅淋漓快感的图画书，这显然需要创作者更有充沛的激情，有在幻想题材领域纵横驰骋、石破天惊、敢为天下先的气魄与才具。

受图文共同构建、设计创意及画家个性化风格的多重影响，图画书的主题有时会比文学故事呈现出更为复杂的状态。预设读者年龄阶段不同的图画书主题，会有单纯与丰富、浅近与深刻、明朗与隐晦、集中与分散等方面的差异；如果图画书兼容儿童和成人的读者，主题内涵则需要有分层次的深浅及递进；作为图文兼具开放性的体裁样式，作者着意蕴含的主旨与读者接受之间还需要预留理解及阐发的空间；在"后现代"语境中，一些新锐图画书的主题立意会刻意突破、超越甚至颠覆既有传统，追求某种不确定的混沌状态，让读者无法对其主题思想进行确切表述和完整归纳，或包孕象征及隐喻在内，借助图文符码进行暗示，所有这些将图画书主题推向深广及变异的努力，如果不纳入读者接受的考量，相关作品的完成态及艺术功效都会大打折扣、差强人意。

最后要强调的是，在图画书创作中"主题先行"虽难以避免，但仅凭热点题材或主题概念并不足够支撑起一部图画书。生硬植入主题、直接宣示主题、随意贴主题标签，不是理想和成熟的主题形态。主题需要融入图文故事，自然而然映现于细节和情趣中。图画书常见基本的题材与主题，需要创作者推陈出新、点石成金，而那些博大恢弘的题材、厚重艰深的主题，在图画书中特别需要"深入浅出"的"举重若轻"，从局部到整体、精细处见华彩的图文表达。

选好题材、提炼好主题是成功的起点，只有创作者下足了功夫，并落实于每一部具体的作品，中国图画书才会有更加繁茂的生长，并迎来更为兴盛的局面。

中国图画书的故事讲述

中国图画书的故事状态

佩里·诺德曼曾认定图画书"不仅是儿童文学最常见的形式，也是特别为孩子保留的说故事形式"。儿童读图画书时虽然注意力更集中于图画，但吸引他们、推动他们迫不及待地完成一本图画书阅读的可能还是故事，图画书之所以成为儿童最钟爱的读物品种，与它们的故事性密切相关。图画故事书也因此成为图画书中的核心构成。

中国图画书的故事。从内容分主要有儿童故事、民间故事、幻想故事及动物故事几种，一部分是专门为图画书而创作，一部分源自儿童文学作品或神话传说、民间童话等传统故事的改写。无论创作和改编，有动物角色或幻想色彩的故事占比最大，符合儿童兴趣，图画书的画面表现也更为擅长。

受到孩子欢迎的原创图画书，多在讲故事方面出类拔萃。尤其是那些给年龄较小孩子的图画书，讲一个他们喜欢的好故事，一个清晰、完整、生动、有趣的故事，是吸引孩子阅读并享受愉悦的关键。《夏天》《我是老虎我怕谁》《敲门小熊》《走出森

〔加拿大〕佩里·诺德曼 / 文
陈中美 / 译

林的小红帽》《如何让大象从秋千上下来》《章鱼先生卖雨伞》《别让太阳掉下来》《太阳和阴凉儿》等是其中的代表。这些图画书的故事有共同的结构特点，以拟人动物为主人公，多个角色先后出场，它们重复中有变化的行动构成一波三折的事件，高潮之后结尾，有的还有尾声，给出个让人惊喜的"彩蛋"。以线索串联及贯穿首尾，以角色之间的差异、分歧或冲突推进，以悬念带动，是很多图画书基本的故事范式。

民间文学以故事性见长，神话故事神奇宏伟，传说故事妙趣横生，相关素材经常应用于图画书改写和改编。《哪吒闹海》《封神传》《灶王爷》《小年兽》《九色鹿》《百鸟羽衣》《进城》等作品，或波澜壮阔，或幽默诙谐，都有引人入胜的故事趣味。改编自传统童谣的几本图画书：《一园青菜成了精》《耗子大爷在家吗？》《六十六头牛》，所选的童谣哪怕是绕口令，都有故事的内核及起承转合。

《大脚姑娘》的成功首先就在于讲了一个好玩又可乐的民间故事。大脚姑娘因大脚而与众不同，她的喜怒哀乐、她的人生际遇也与大脚分不开，通过一双大脚串连，作品将故事讲得跌宕起伏、绘声绘色。有个性鲜活的人物，有枝繁叶茂的情节，画家的绘画表现也就有了附丽。凭借夸张变形的造型风格、视角的多种变换、图文交互的设计，作品在图画书艺术层面达到了较高的水准，但故事依然是基础，是其博得广大读者喜爱的重要因素。

弯弯、颜新元／文·图

以图画书讲一个好故事，理想的状况是构思一个适合图画书讲的故事，一个图画书最能精彩讲述的故事。《小黑和小白》是成功的例子。小黑和小白两个角色，他们之间的交互及共同行动，

张之路、孙晴峰/文
〔阿根廷〕耶尔·弗兰
克尔/图

所有场面、情景及情境，都围绕颜色与色彩生发，都通过造型及构图自然生成。作品能成为原创图画书的精品，与故事的成熟度密不可分。

儿童为主要角色、反映儿童生活的图画书，于日常和平实中讲述故事更有难度。如果没有激烈的矛盾或冲突事件，人物的塑造会是图画书的主要内容，重点描摹场面和场景，还有角色瞬间的表情和动作。这类图画书以事件的细致描述营造出故事的氛围，像《荷花镇的早市》《团圆》《打灯笼》《躲猫猫大王》《和我玩吧》《红菇娘》《翼娃子》《小美的记号》《回乡下》等皆是如此。另一些作品趋于淡化故事，比如《好像》《小雨后》等，选择散文化或诗化叙事模式，以场景与情境的铺叙结构全书。

在儿童现实生活中注入幻想是扩容故事、增加情节驱动力的有效途径，《青蛙与男孩》《妖怪山》《怪物爸爸》《那只深蓝色的鸟是我爸爸》《外婆家的马》等都是很好的文本范例，在现实和幻想转换中开辟出或平行或交汇的双线，故事结构繁复立体，故事效能也就能加倍提升。

图画书以图文配合讲故事、借助图画讲故事，会有视觉表意、空间限制等问题，图文关系会有各种配合的方式，会与读者对话及互动，其故事形态显著区别于文学的故事。中国图画书的一些作品在这方面比较典型，比如萧袤、李春苗、张彦红合作的《西西》，徐萃、姬炤华合作的《天啊！错啦！》《两个天才》等，其故事情节需要读者在图画中发现，合并文字理解及领略其中的趣味。

《奇妙的书》的创作者杨思帆认为"爱，故事和游戏，是孩子成长过程中所必需的三种养分"，他这部无字书作品，有着丰

杨思帆/文·图

富的故事内容。小姑娘看的书，吸引来大大小小的动物，动物们先是和她一起看书，很快就各行其是，把书当成了自己的工具和法宝，玩出了不同花样……无字的讲述留出了可供读者自由想象、自主填充的故事空间，最后一个跨页，还有封面封底，读者都可以腾挪跳跃尽情发挥，讲出属于自己的故事。

曹文轩和郁蓉合作完成的《夏天》，在国内外都受到关注及好评，对作品的开篇，研究者们的看法不尽相同。动物们寻找阴凉的故事主场景在荒原，序幕却是从江南水乡的夏日景象拉开，如果作为前奏或楔子，与故事的关联并不确切，或可理解为人类父子的来处，亦可看成荒野之夏酷热难耐的铺垫和反衬，有金色的大太阳前后勾连。但以抒情的长文开启故事，是配合整体的独具慧心的安排，还是基于文学表达意愿的率性而为，最终的效果究竟如何，可以结合读者反应，进行深入的辨析及充分的讨论。

曹文轩 / 文
〔英〕郁蓉 / 图

从图画书的故事具有图画书形态或特有趣味这个标准出发，我们能够列举的优秀作品书单还比较有限。也许跟中国儿童文学一样，原创图画书还需以美妙而新奇的故事讲述，拥有更强大的故事的力量。

图画书故事的艺术和技术

图画书的故事，首先是故事。从文学标准出发，故事可以从角色、情节、场景及情趣等层面把握，角色要鲜明生动有个性，情节要完整有起伏波折，结局要在意料之外情理之中，场景中细节要丰富，要绘声绘色、惟妙惟肖、栩栩如生，要倾注情感，能打动人，让人有所领悟及思考。

图画书的故事，是儿童的故事。从儿童的心理及审美出发，故事的开头要足够吸引人，最好要有明确的线索及清晰的结构，多运用反复、排比、对比等手法，最好有幻想或性格夸张的人物角色，主要人物不论是哪种类型都要有孩子气，故事的结尾要让人开心或给人信心。

图画书的故事，是要借助图画讲述的故事。从图画的叙事特点与叙述功效出发，图画书故事不仅仅是文字叙述的故事。同一个故事素材如果分别作为文学故事与图画书故事创作，剪裁、设计、构思及表达都会有明显的不同。图画书有适宜于视觉及空间叙事的结构方式，专为图画书创编故事，不仅要注意图画表现的可能性和优劣势，还要在故事构架、推进节奏、画面组合等方面综合考虑。

一些图画书会有读者年龄的预设，为年龄较小的孩子创作的图画书适合采用单线结构故事，重点放在故事人物和事件的排列组合上，以主角统领，让人物次第或轮换出场，形成相互的关联或对照，让故事的发展螺旋上升、环环相扣、首尾相连，孩子们熟悉这样的故事铺陈，喜欢绵延往复的故事快感。

图画书首先以图画吸引儿童，具体到不同题材和主题的图画书，故事性的强弱会有不同。不是所有的作品都有条件构筑一个具有戏剧性张力的故事，侧重于表达某个创意或思想主旨的图画书，不一定有完整而集中的故事，创意设计也可能带有故事的特质或趣味。图画书的故事可以化整为零，也可能泛化为某种故事元素，在图画书每一个局部或细节处，都要求创作者能充分重视作品的故事性并在上面花心思、倾注心力。

图画书的故事、图画的故事，会受到空间及视觉呈现的制约，文学作品常用的故事构建方法，叙述者转换、多条情节线交织、倒叙插叙等，在图画书中的应用和发挥会有很大限制。图画叙事通常由场景的转换和组接实现，有些近似于戏剧对舞台的依从，所以角色的个性要突出，矛盾冲突要集中，情节节奏要明快，起伏及高潮要明显，图画书的故事可以从这些方向及路径加以设计。

图画书的故事讲述客观上会被页面及翻页打断，要保持连续或连贯，内在的驱动力或者牵引力变得很关键。从布局及结构看，开头最好简明扼要，只占两个跨页以内的篇幅，只能有最必要的前奏及铺垫，三分之一处要有一个波幅，事件高潮从三分之二之后开始，最高点或亮点在结尾，随即戛然而止，附加的尾声要给读者以意外的惊喜。

悬念通常是个一直在寻求解决的问题，很多图画书用悬念支撑故事，推动故事有方向有节奏地进展，悬念会一直调动读者的兴趣和注意力，到最后才揭晓答案；图画书翻页带来的停顿，会让总的悬念分解为过程性、阶段性悬念。当读者对故事推进有了预测猜想，产生去证实的意愿，当这个心理过程被翻页间隔、被看图的过程延宕，作品的转折和起伏就会被放大，细微的情节波澜也能激起读者的好奇心，引导他们追踪跟进，探寻其中的蛛丝马迹，悬念的解决只会在故事的收束处，读者便能从中获得快感和心理满足。高妙的作品有时会在图画书的最后一页或封底设置一个新的悬念，指向续集或姊妹篇，也让故事有余音袅袅的回响。

预设给学龄中后期儿童的阅读图画书，通常要有较大的故事容量，创作者必须找到构建故事的着力点，延展出或分主次或有明暗的故事线索，让其并行中交互，包孕中纠缠，比照中呼应，沿着甲方与乙方、此处与彼处、现实与幻想、生活与心理等轨道搭建立体的故事格局，打造出能够扭结并穿透整部图画书的故事力量。

　　有图无文的无字图画书，更依赖故事的内核与张力，它们要更强化角色的性格与辨识度，以夸张的人物造型、热闹的场面抓住读者的注意力；按时间或空间顺序进行事件过程的切割与组接，减小跳跃度和跨度，让故事充盈饱满、轮廓清晰，让读者能轻易把握住故事脉络，着重于欣赏作品以图画讲述一切的奇妙与美妙。

　　图画故事书的创作者，都会在情节中努力寻找能够照亮整个故事的几个细节，这些细节不仅在关键处能够助推故事跃进或转折，还能烘托故事气氛、增进故事趣味，给读者留下深刻印象。故事细节需要新巧、别具一格，与作品的故事情节水乳交融，还可以较为隐秘地嵌入图画书的图文，给读者发现的乐趣，或带有隐喻、暗示或象征性，创建出故事不断进深的层次感及复合况味。图画书故事细节有"四两拨千斤"的艺术功效，在国外图画书经典文本中比较常见，很多经典细节一直被评论者及读者津津乐道，中国图画书讲好故事，在细节上也应多下功夫。

　　叙述者与叙述角度亦会生成相关的故事意味与趣味。"第一人称"叙述视角会让角色心理情感的表达更自然，"第二人称"会拉近与读者的距离，有现场感及亲和力。叙述者的地位和话语方式，都会产生特定的效果。而相应的选择和处理，与图画书立意及创意相联系，还决定着故事的风格，把握其中的关窍，就可能将图画书故事讲得别出心裁、别具一格。

"后现代"文艺思潮背景下的故事解构与重构，在当代世界各国的图画书创作中都有体现和反映，成为图画书先锋实验及艺术探索的重要组成部分。图画书对故事的颠覆与拆卸，对故事进行悖反、混搭、碎片化的拼接，都有文化或亚文化、潮流或反潮流的背景，有前卫及新锐的表意。面向低龄读者的图画书创作，可能需要一些谨慎及节制，面向少年儿童读者的图画书则可以适度放开。在原创图画书期待突破的语境中，故事及故事讲述的狂飙突进具有意义，值得创作者革故鼎新，进行多维多向的创造性尝试。

中国图画书要在故事上有所建树，对图画书故事性状的体认还有进一步加强的必要。除了上述相对基准的归纳和解说，最重要的认识可能是，图画书故事的艺术空间巨大、方法及变化难以穷尽，图画书图文的"合奏"及"复调"，让图画书故事的构造和肌理极具弹性与张力，任何建议都只能是框架性的，只具有相对的参照性。

诺德曼在《阅读儿童文学的乐趣》中曾特别指出，"一本图画书至少包含三种故事：文字讲的故事、图画暗示的故事，以及两者结合后所产生的故事。"这提示我们，被篇幅和版式拘束着的图画书故事，也会因由图文两个系统的交互，自带扩容与衍生的原动力，只是这类故事的打造，不能囿于逻辑常理，需挣脱羁绊，让想象力飞升，让才华和激情奔涌，碰撞汇聚成故事力。诺德曼曾说，"图画书的乐趣不仅在于所述说的故事，同时也是找出故事的游戏"，如果读者的乐趣在于找出图画书中的故事，创作者的责任及目标就是创建一个故事，创建一个能够带给读者游戏乐趣的故事，一个属于图画书的精彩绝伦的好故事。

中国图画书的图画叙事

中国图画书的图画创作

纵观世界各国图画书的历史，自近代图画书开始独立成为专门的读物样式到现当代的繁荣鼎盛，都建立在插画艺术及插画家的创作水平大幅度提升的基础上。中国图画书飞速的发展与进步，同样有赖于我国儿童读物插画艺术的厚积薄发，依赖插画家、美术编辑及美术教育工作者们的长期而共同的努力。

以图画为主的图画书，区别于文字为主的文学书或带插画的文学书，图画的创作当然是重中之重。图画或广义的绘画，对于图画书是基础也是根本。故事需要图画讲述，文字需要与图画合作，创意及设计需要图画实现及完成。图画书中的无字书只有图，故事内容全部由图画讲述，兼有图文的图画书，有的也由绘画者独立及一体创作。在图文一体创作中，画家亦是作家，图文共述但以图为主，只以必要的文字参与叙事，大部分的内容都由图画表现。

图画书的图画不等同于绘画艺术的"画"，也区别于插画书籍中的"画"，但基础的技能和基本的元素主要归属绘画艺术或视觉艺术范畴。中国原创图画书急需做图画方面的专项研究，专门针对绘画，针对视觉图像、视觉意象或视觉传递的种种及方方面面。图画书的文学或儿童读物方向的研究者，只能以专业读者的身份，从观察及感受出发，进行较为笼统的概括及述评，相关的描述和阐述也更多围绕图画书的整体展开。

中国图画书创作已接近或超过半个世纪，几代画家参与其中，代际之间的差异较为明显。前辈及资深的一代多专攻插画，且有从事读物特别是童书编辑的工作经历及经验，年青一代的创作者来自美术或设计专业，多以从事图画书创作为主业。总体而言，不同代际及背景的画家在图画书上的创作理念、价值取向、创作功力、表现风格及艺术传承等诸多方面，同中有异，异大于同。中国原创图画书的图画状态有了与此相关的一些特点。

中国图画书既有的成就和影响力首先来自资深一代的画家。他们的创作以功力深厚、个人风格独特、表现力卓越、艺术水平高超为特质。这些创作者在造型、构图、色彩等方面有扎实的功底，童书的相关经历又让他们对图画书体式领悟精准，中国图画书最早一批可圈可点的成品就出自这批画家之手。这些在原创图画书领域拔得头筹的画家，比如蔡皋、朱成梁、周翔等，一直是中国图画书的中坚力量。他们的图画书创作，受到了欧美及日本经验的启发，但根植于中国自身的艺术传统。

同样于 21 世纪前后开始投入图画书创作并崭露头角的郁蓉、熊亮、黄丽等，从年龄及履历包括图画书从业角度或者已经可以归为新的一个代际，他们的创作风格与审美趋向，虽有中国本民族文化的浸染和传承，但更多立足于东西方艺术的交融和交汇。

黑眯、于虹呈、九儿、弯弯等归于更年轻的一代图画书创作者，或者不完全因为年龄，而是投入创作的时间节点以及相应的图画书创作状态。

进入 21 世纪的中国图画书有了欣欣向荣的新面貌。从图画的层面审视，几个代际的画家共同参与带来了创作的繁盛，更造就了图画表现艺术的多样与丰富，这正是图画书最为重要的品质与气质。画家们的种种差异，成长背景、研修师承、爱好趣味、能力专长、才华气质、创作方式、工作机制等，还有他们对图画书的情感、理解、志趣及愿景，都投射到他们的图画书作品中，在他们完成的每一个跨页每一幅图画上，甚至在每一个形象每一个场景的线条、构图及色彩中，都留下了印记。

中国图画书图画创作的丰富性与多样性不仅体现在个人风格上，也同样反映在艺术媒材的使用、还有图画书物质结构的各个方面。蜡笔、铅笔、彩铅，素描、绘画、版画，水彩、水粉、油画、丙烯，剪纸、布艺、拼贴、泥塑，还有雕刻、拓印、摄影、数码艺术等材料配合着技法，再加上创作者个人的创新组合，中国图画书的艺术世界因此流光溢彩、景象万千，《快乐的小蜡笔》《北冥有鱼》《桃花鱼婆婆》《盘中餐》《回乡下》《辫子》《云朵一样的八哥》《乌龟一家去看海》《走进森林的小红帽》《别让太阳掉下来》《旅伴》《鄂温克的驼鹿》《精灵鸟婆婆》等都是其中令读者印象深刻的作品。

图画书的创作者们虽有各自的专长和偏好，但依然会在创作中通过别具匠心的使用媒材或混用技法，让自己的每部作品都有焕然一新的艺术表现，朱成梁、周翔、熊亮、于虹呈、九儿等都是其中的佼佼者，将蔡皋的《百鸟羽衣》和《月亮走我也走》、朱成梁的《团圆》和《老糖夫妇去旅行》、王祖民的《我是老虎我怕谁》和《六十六头牛》、周翔的《一园青菜成了精》和《小美的记号》、熊亮的《和风一起散步》和《悟空传》、黑眯的《辫子》和《什么都想要的兔狲》、于虹呈的《十面埋伏》和《盘中餐》、九儿的《鄂温克的驼鹿》和《旅程》放在一起进行比照，就会发现他们在求变求新中的自觉探索与开拓。画家们的努力精进令中国图画书日益显现出星光璀璨、花团锦簇的可喜局面。

《六十六头牛》获选 2017 年度原创图画书排行榜榜首，这部图画书对传统民间歌谣原作做了首尾回环的改编，主人公毫不气馁、从头再来，显示出了中国人百折不挠、自强不息的精神气度。画家的绘画以张扬的个性及现代性为取向，线条自由奔放，如同书法中的狂草，潇洒不羁却自成一格，正好搭配歌谣游戏感及诙谐戏谑的调性；角色造型抽象且变形，貌似儿童随性的涂鸦，实有视觉意义的张力及动能。整部作品从布局到构图，粗中有细，乱中有序、收放自如、动静得宜，尽显画家的才华及艺术功底。

许多优秀的图画书在图画叙事上有上佳的表现，画家们以多样的风格、多元的组合、多种的图画元素及技巧，让图画的故事讲述饱满充实，富有细节及饶有趣味。这类作品中给人留下深刻印象的有《西西》，其完成时间较早，创作者的图画叙事及图文关系的表现却不俗。图画书主要描绘儿童生活及游戏场景，除主人公西西，还有跟西西拉着手的小女孩等多次出现的人物，画面中各种状态的孩子、各种身份及职业的大人总共有 700 多个。故事内容主要都在图画里，在孩子们踢毽子、跳房子、丢沙包、荡

改编自民间歌谣
王祖民 / 图

萧袤 / 文
李春苗、张彦红 / 图

秋千、骑滑板车、开碰碰船、买东西、野餐等活动中。随着图画中空间和时间的流转，西西的故事、画家和歌唱老师的故事、很多人的故事，埋伏于画中交织成纷繁的故事线，供读者探究与发现。

中国图画书的无字书创作文本不多，无字书需要以连贯更紧密的图画承接及完成全部故事讲述，对图画叙事能力的要求更高，郭婧的《独生小孩》、杨思帆的《奇妙的书》、刘洵的《哈气河马》、九儿的《布莱克先生和他的狗》和《旅程》、金晓婧的《原来你在这儿》等是其中较为成功的作品。

画家九儿 2019 年以两部风格不同的无字图画书创新求变，相比而言，《旅程》致力于媒材的复合应用及版型设计，色彩及技法颇为炫目，但《布莱克先生和他的狗》的艺术表现则轻灵而新巧，这部作品像是应用线条、形状和色彩玩了一个视觉空间的魔术或者游戏，至于现代人的生活、人和动物的情感等诸多感悟或意义，在作者看似无心的化入中，反而能引发读者各自会意的联想及感悟。

九儿 / 文·图

中国文化在图画上的表意既是由表及里也是由内而外的。不仅是情景和场景、物象和意象，还体现在传承及美学意义的情调及韵味上。水墨丹青的黑白皴染、工笔花鸟的明艳，剪纸、年画、泥塑、漆器、女红等手作民间工艺，都被吸纳及化入了图画书的图画表达。民族风格是中国图画书跻身世界的根基，蔡皋、朱成梁、熊亮等画家的作品为世界所瞩目，跻身于光彩夺目的图画书的世界舞台，归根结底，还是这些画家的创作根植于博大精深的中国文化及艺术的传统，有创造性的、个性的、面向世界的表达。

郁蓉是这方面的代表。她现在旅居英国，是图画书领域颇具影响力的华裔插画家，南京师范大学美术学院而后英国皇家艺术学院的研学，为郁蓉提供了东西方文化艺术的滋养，她的想象力、天分和才华得以施展及显露。在《云朵一样的八哥》《烟》《夏天》《我是花木兰》等一系列作品中，源自中国及欧洲的剪纸技艺，别开生面、灵动活泼地展现于图画书的画面中，剪纸与铅笔线描的奇妙混搭，让平面的画幅有了层次感和立体感。郁蓉的图画书还以设计见长，跨页极具视觉冲击力，细节处又隐藏种种意味和趣味。曹文轩、秦文君、白冰等儿童文学名家的作品，因郁蓉出色的艺术发挥，成为中国图画书中叫好又叫座的一批精品佳作。

黑眯目前主要有《辫子》和《什么都想要的兔狲》两部代表作，一部铜版画，一部木刻套色，内容差别大，表现风格也迥然不同，但调性上有某种属于新生代画家的特质，包括向当代艺术及国际化潮流趋近的取向。青年画家的成长和崛起让中国图画书生机盎然、活力无限，未来充满希望。

以创作规模为基数评估，中国图画书的优秀作品总量偏少，尤其缺乏具有世界水平及影响力的经典文本。提高我们图画书的艺术水平包括基础作品的水准，需要培养更多的图画书画者。而图画作者表现力的有效提升，既来自绘画功底的夯实，来自文学及文化的综合素养，也来自图画书理论的涵养和支撑。就图画而言，创作者要着重关注图画书的图画构成，从加强对图画书的图画叙事及表意方式的理解入手。

图画书的图画叙事

图画书画者的创作能力当然与其图画造型、构图能力相关，也包含线条及色彩等基本能力要素在内，但优秀的画家和插画家并不天然就是图画书的创作者，一本经典的图画书本质上也不由一幅或多幅具有视觉美感的画幅汇集而成。

《图画书宝典》在第一章"图画书入门"的开篇，引用了芭芭拉·巴德描述图画书概念的一段话：

> 图画书是由经过整体设计的文字和插画组成的图书，是手工艺品和工业制品的融合，是社会、文化和历史的文本记录。最重要的一点，图画书是儿童的一种经历和体验。

图画书是一件艺术作品，它靠插画和文字共同叙事，由对开的页面来展现场景，靠翻页呈现戏剧效果。

图画书有无限的可能性。

由此可见，图画书定义给出的图画功能定位，首先是叙事，能够创作出有效叙事或完美叙事的图画，是画者最重要的工作，是图画创作的方向和目标。

与作为语言艺术的文学作品不同，图画书主要靠图画叙事，文学故事中由文字完成的叙事，大部分转由图画承担，除了人物心理活动还有人物对话等画面难以表达的内容，人物的性格、外貌、动作、神态、情绪，故事的背景和环境，事件发生的过程、场面和情形，生动有趣的细节等，都通过画面展现或暗示，意义的表示和气氛的渲染，读者情感和想象的唤起，都靠图画实现。

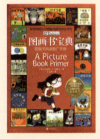

〔美〕丹尼丝·I. 马图卡 / 文

王志庚 / 译

图像是图画书信息传递的主渠道，是图画书的主要话语体系。

图画书的图说，一部分以画面直接表现和描绘，另一部分通过绘画"符码"指向和提示——主要是意念、情绪、格调等那些不容易直观显现的部分。除了依托视觉意象相对固化的表意，图画书亦形成了自己特有的话语系统。现已引进出版的《图画书宝典》《一本书读透图画书》《说说图画——儿童图画书的叙事艺术》《观赏图画书的图画》等理论著作，详尽地解说了图画书图画的布局、造型、构图方式，介绍了包括颜色、亮度、线条、形状、空间、透视及质感等在内的视觉元素，阐述了通过位置、方向、比例、视点、运镜、留白、变形、光源等实现的图画叙事，还有以电影的运镜及蒙太奇手法组接画面，以静止与运动、比照与反差、平面与立体、背景与景深、光影与氛围等协同叙事模式，对图画基于风格、流派、文化及社会意义的内涵、隐喻及象征也有深入的解析。这些从属于图画书体系的图画"代码"和"符码"、"明码"和"暗码"，是创作者特别是画者需要掌握并熟练运用的。具体到图画书如何进行时间空间的表达、如何推动页面间的衔接与连贯、如何借助边框表现动感及瞬间过程，如何关注书籍作为载体的物质结构，如何从读者的视觉显效选择变化角度等，创作者都可以从上述理论著作中找到可供参照的指引。

创作者全面而充分、恰切而融合地用好基本的图画语言，是图画书作品承担并完成叙事的保证，也是提高每一部图画书艺术水准的起点。中国原创图画书中大部分作品在图画及图画叙事方面存在的不足或缺失，或许应从这样一些关键和关窍处寻求解决之道。

　　图画布局是图画书及图画叙事重中之重。图画书极其讲究图画之间的关联性，而布局作为图画书空间中各图画元素的组织方式，体现在图画书每个页面乃至整部作品各单页与跨页序列中，决定图画故事讲述的内容、顺位、主次、详略、节奏、韵律、趣味及美感。图画布局决定图画书能够表现什么及读者能够看到什么，也间接或隐含地决定一部作品的框架及结构、艺术及美学状态。图画书创作者在布局上会显出功力的高下和水平的高低，需要水滴石穿的积累过程，很难一蹴而就。从理解图画书的布局范式入手，从分镜草图开始，创作者坚决贯彻并逐一落实包括均衡、对比、强调、调和、多样、动感、韵律、统一在内的诸多布局原则，或者可以为一部作品的成功打下坚实的基础。

　　图画书预留了无限开阔的表现空间，但其中应该有一些基本的要素和基础的构件，青年创作者需经过一番耐心揣摩、用心琢磨、精心打磨的功夫，才有可能将图画书的话语体系融会贯通，得心应手地应用于一部图画书的整体与局部，进而有创造性地发挥与表达。在经验不足、积累不够或者创作匆促的情况下，即使对各个层面都有所兼顾，仍然可能会停留于表面的、机械的沿用，或只能达到部分的效果。图画书经常有着"牵一发动全身"的精密构造，细节处的粗疏和忽略，局部的未完成和"硬伤"，都会让一部图画书的质量及水准受到很大的冲击和影响。

　　中国现阶段图画书面向儿童读者的定位比较明确，画家创作的图画，要有儿童审美的关照，释出儿童性。无论角色是动物还是人物，造型具象还是抽象，画风写实还是梦幻，色彩暗沉还是鲜亮，画面简约还是繁复，包括媒材及风格的选择在内，图画的创作首先要有儿童接受的考量。我们的图画书创作不排斥抽象派与印象派、超现实主义与表现主义，也并不总是指向或圈定为可爱稚拙、活泼欢快的画风，但给孩子的图画与图像一定要摒弃呆板、抗拒流俗，要与儿童天真烂漫的气质气性有真正的遇合和应答，要能唤起美感、激发兴趣，要赢得孩子们的喜爱，走进他们的内心，让他们在图画书阅读中获得愉悦及审美经验。

为儿童创作图画书或以图画感召儿童，在中国图画书的现阶段依然充满挑战。先进的儿童观与教育观、对儿童现实世界和内心情感的深切理解，对儿童想象力及审美能力的重视程度，对儿童游戏化娱乐化阅读的态度，都会影响画者对画风及图画表现的选择。读图时代及数码技术媒介的传播力，让儿童从很小的年龄就置身于动漫、卡通、影视、电子游戏等包围中，养成了视像阅读的习惯，他们感知图像语言和视觉符号的能力常常比成人敏锐，对图画中显示或暗示的讯息有很好的接受能力及品鉴能力。画出"儿童性"和"儿童态"，可以是简约单纯，不能是浅陋或简陋，儿童化不是幼稚化，是图画创作者要以"向下攀登"的姿态、游走迂回于儿童的精神王国才能切近的境界。

图画书在面向儿童传承中国文化的作用中是重要而突出的。就图画而言，以熊猫、龙为角色，以丝绸瓷器、京剧武术、诗词歌赋、琴棋书画、春联灯笼为物象意象，以食物服饰、文物古迹、节气节俗为主体内容，已有了大量的作品和创作实践。如何跳脱出既有的程式及窠臼，有灵光闪现的新异和鲜活，有不经意间的点染聚合；如何让中国传统文化有或素朴或绚烂的风采，有日常生活的根基和质地，有趣味的清新优雅、意味的醇厚绵长；如何让画面中的场景与场面、让角色脸上的一颦一笑、身形的一举一动，都带有中国独有的意涵和气韵，让儿童从图画书中感受到中国文化有生命力的讲述和表达，将会是图画书创作者最重要的功课。

当代图画书越来越倾向于与当代艺术联动，各种思潮及流派都在图画书创作中投射影响。作为视觉优先的读物品种，图画书正向所有的媒材、技法、技艺及非常规创新开放，华丽与平实、繁复与简约、整齐与杂凑、明朗与晦涩、清晰与混乱、厚重与轻灵、规整与怪诞等各种风格都是图画书可能的选向。中国未来的图画书创作亦会有"为儿童""为艺术"两个方向的选择，兼容并包当然更好，但创作者如果更多趋于成人化和个性化，画风趋于先锋与前卫，他们的作品同样值得肯定和鼓励，图画书艺术的任何一种探索与实验，对中国图画书的成长都具有积极的意义。

中国图画书的文字表达

中国图画书的文字讲述

作为儿童读物或幼儿读物的中国图画书，与儿童文学及幼儿文学有着共生的紧密关系。中国图画书的创作者特别是文字作者，多是儿童文学作家，其中很多是在儿童文学领域成就卓著的名家，比如金波、高洪波、曹文轩、梅子涵、秦文君、张之路、彭懿、白冰、汤素兰、彭学军等。作家们竭尽所能地全力参与为中国图画书构筑了坚实的文学基础，让图画书境界高远、情感丰沛、意趣盎然，让图画书的文字形象而生动、优美而精粹，有作家的语言风格，有文学表达的典雅与韵致。

曹文轩《夏天》以状物写意的文辞开篇：

夏天，大太阳，
在天空燃烧着。
一只小鸟藏在一片树叶下。
纺织娘爬到了芦苇叶的背面。
青蛙伏在贴水的荷叶上，
它的头上，

是一片冒出水面的荷叶，

就像一把伞。

几只鸭子，

把脖子插在翅膀下，

一动不动地浮在水面上，

在大桥的阴影里睡着了。

一个草垛的阴影里，

几只鸡蹲在地上打瞌睡。

看瓜的人，

躺在凉棚下扇着扇子。

一群麻雀，

一溜儿歇在一根电线杆的影子里。

一只放鱼鹰的小船躲在岸边柳树的阴影里。

曹文轩的另一部作品《柠檬蝶》同样以清雅的文字总起：

一只柠檬蝶在寻找花田。

他的颜色非常鲜艳，

飞行的样子也十分优美。

"我一定要找到花田！"

因为他是蝴蝶。

对于一只蝴蝶来说，

这世界上最美丽的景色就是花田。

一路上，

他的眼前总是闪现着花田的景象：

花光烂漫。

纯美诗性、讲求意蕴的文字一直贯穿于《柠檬蝶》的叙事，

也见于曹文轩其他图画书作品，比如《烟》《菊花娃娃》《鸟船》等。

中国图画书的图文合作，作家担当"文字"撰写通常也是创

意故事的一方，即使体认到图画书与文学作品有所不同，作家们还是会坚守文学的立场，让图画书的文字保有文学的情状，以赋予图画书更多的文学色彩和文学品格。文学语言按功能分有叙述文字、描写文字、说明文字、议论文字、抒情文字、人物对话，按审美则有不拘一格的种种变化，雄浑或恬淡，富丽或洗炼，清奇或飘逸，豪放或绮丽，缜密或旷达，足以与绘画的五色斑斓相媲美。创作者在文字表达时较少考虑图画书规制的限定性，以题材或故事类型选定，偏重于遵从文字本身的衡量标准，看重遣词造句的精准、句群段落的均齐、声调的抑扬顿挫、行文的流畅和文采的飞扬。整体而言，中国图画书文字的示范性、语言美感还有诉诸听觉的音乐性都比较突出。创作者对文字的强化，让以图为主的图画书，有图文的均等质量，有图文并驾齐驱的兼美，同时也有益于儿童读者通过图画书习得语言。

画家一体完成图文的图画书作品，文字参差不齐，相对薄弱的居多，毕竟画家擅长及偏重于图画叙事，当图画表现足够完善和充分，穿插其中的文字，主要用于图画间的连缀和补充，经常会有画强而文弱的现象。

有的画家会特别注重文字的品质。周翔的《荷花镇的早市》的文字几经打磨，从扉页及开头的几句就能体会其中的讲究：

> "阳阳来啦！"
> "阿姑好！"
> 阳阳跟着爸爸妈妈一起回到乡下，
> 给奶奶过七十大寿。
> 明天他要早起，

跟姑姑一起到集市上去买东西。

"吱嘎——吱嘎——"

清早的薄雾里，

响起了摇橹声。

小船拐了个弯，

划进了一条水巷。

"咦，这里的房子怎么都盖在水里呀？

他们怎么去买东西呢？"

"坐船去呀。在我们这儿，

河就是路，船就是车。"

　　这部图画书采取了水墨长卷的形制，置放文字的区间狭窄而有限，只能以必要的简明文字用于图画无法完成的叙事，仔细品评，会发现这些洗尽铅华的文字，有着与图画一致的质朴及亲切，有原生态生活的味道。

　　中国图画书的故事有相当一部分来自文学作品的改编或改写，扎实的文学基础是长处，也有提纲挈领取其要义进行删节的便利。如果改编者想保留原作中的关键句段，很容易形成较大的文字量，面临空间不足的问题。即使是跨页，能用于大段文字的区间也十分有限。可大刀阔斧的删改，必然弃用很多有价值的内容包括精华的文字。辨析《鄂温克的驼鹿》《天局》《一只特立独行的猪》等图画书，与原作比较，会发现其中的要诀和兼顾的两难。

　　作家进行专门的图画书创作，经常会先有故事创意及文字，为预留绘画版面，也为激发画家有创造性的发挥，会刻意采取简单利落而有张力的文字表述。下面是《小黑和小白》的全部文字：

小白整天待在家里，不需要出去看世界。

小黑整天待在家里，不需要出去看世界。

有一天，他们在网上相遇了。

从白天到晚上，他们聊个没完。

从春天到冬天，他们聊个不停。

有一天，他们说："我们见面吧？你到我家来！"

可是，他们都不愿意离开自己的家。

终于，小黑说："我去你家。"

小白问："你在哪儿？"

小黑说："我就在你面前。"

小白说："那我去你家。"

小黑问："你在哪儿？"

小白说："我就在你面前。"

他们俩同时说："那我们走出去吧。"

小黑说："我看见你了。"

小白说："我也看见你了。"

小黑和小白满眼绿油油。

小黑和小白满鼻香喷喷。

小黑和小白浑身湿淋淋。

小白问："你看得见我吗？"

小黑说："我就在你身边。"

200余字的极简文字，支撑并成就了一部图文契合的佳作。

诗人金波构思并撰写《我要飞》的文字，在西班牙画家哈维尔·萨巴拉绘图完成之后，删去了原有结尾的过百文字，改以五个字的一个问句收束全书，有画龙点睛之功，更有率先垂范之意义。金波先生主动删去文字的行动，是对图画书到位的理解与把握，也是为求得图画和图画书最佳效果的舍弃和成全，相关经验

金波 / 文
〔西班牙〕哈维尔·萨
巴拉 / 图

或值得大家效仿。

图画书文字也会因预设读者的年龄层次有多少及深浅的变量，《跑跑镇》《我是老虎我怕谁》《呀！》《错了？》等作品，"水墨宝宝视觉启蒙绘本系列""熊猫圆宝系列""蜗牛老师的幼儿园系列""小熊兄妹快乐成长系列"等婴幼儿图画书多见无文字的画面，以口语、小儿语与图互动，文字浅近，常使用短句，特征十分鲜明。

图画书文字的特殊性还体现在版式和字体设计等方面，中国图画书这方面的实践比较充分，比如《大脚姑娘》的文字就采用散文与韵文两种形式，字体有变化，在图画书中放置的位置和方向也不同，不仅让故事变得丰满，民间故事特有的那种调侃、风趣意味也随之变得浓烈。

作为故事主线的叙述文字，页面位置相对规则，而许多角色对白还有插叙文字，创作者的处理会趋于灵活，变化字号、字体及形状进入画面，像《荷花镇的早市》《妖怪山》《快乐的小蜡笔》《翼娃子》《外婆家的马》《毛毛，回家喽！》等作品，文字就采用了标语口号、指示路标、广告资讯、作业书信、便笺字条、招牌字号等形式，产生意在言外的复合表意及趣味。在《旅伴》一书中，我们能够看到多种依托文字的创意设计，不同的字体不同的颜色，不同的形状不同的位置，各种文字的变体参与叙事，同时成为了构图的特殊元素。在《六十六头牛》中，童谣文字的方位和方向呼应配合着内容，又与作者狂草勾勒、抽象写意的画风浑然一体。

作家的叙述文字，有时会经过画家或编辑的重新布局及安排，或取中规中矩的图文轮替与区块切分，或进行别样新异的灵活组接，作为图画书图文整合和创意设计的一部分。在图画书文字部分合并讨论，是希望中国图画书的文字，最大程度地兼容文学性与视觉艺术性，有双重属性的意义表示。

图画书的文字性状与形状

虽有无字书这样一种特殊的类型，但从总体上看，图画书还是以图文两个符号系统协同叙事的复合文本。我们对图画书的认定侧重于与插画类读物的切割，关注其图画从辅助配合向主体构成的性质转变，实际上图画书中文字的地位和状态同样需要认真对待。

与图画书文字地位相关联的，是对图画书文学属性的体认。对于图画书是否纳入宽泛的儿童文学，我国学界存在着分歧。一种意见是，图画书以图为主，没有或少量文字，很难认定其是文学，文学首先是"语言的艺术"；另一种意见是，图画书讲述故事，有叙事文学的特点，图文故事书中，图画和文字一起成为了叙事的语言。还有一种分歧与文字的量有关，部分图画书研究者倾向于将文字量偏少的作品视为"硬核"的图画书，认为图画书的特殊在于以"一连串图画和少量文字"叙事，应该只在必要时使用文字，如同插画类作品"字多画少"，图画书当然是"画多字少"，而文字量多少关联着文学性的强弱。文字量大只能说文学性生成的基础更厚实，图画书的文字与文学作品语言形式不完全一致，文学性的强弱更多要看文字的状态。故事、创意及图文关系不同的图画书作品，其文字的文学性状、表意功能及地位都会有所不同。

就创作过程而言，不管图文作者是不是同属一人，多半还是先有故事构思，以类似舞台脚本的方式写作出来，里面包含文字表述以及需要图画共同表述的内容，图画完稿后，再根据需要对与画面一体"出镜"的文字做出调整。不同的图画书作品，图和文的主从关系不一样，但在大多数图画书中，文字与图画对作品的荷载或支撑应该是相等及均等的，至少要达到相当程度的平衡，从这个意义上说，少量的文字与大量的图画呈现的作品，对文字的质量和品格会有更高的要求。

在图画书篇幅能够容纳及图文有效合作的情况下，图画书文字的繁与简不应视为文本典型性及艺术水准的衡量标准，关键在于其文字是否具备相应的功效和意义，在完成叙事或凸显创意上发挥作用。图画书文字量不存在绝对意义的规定性，内容含量大或主题深刻的一些作品有时会不得不平均切分文字与图画的版面，但压缩文字释放空间给图画包括空白，是大部分图画书的处理方式。

图画书中的文字简明而收敛的特质，源自有限画幅中图文争竞的现实。图画表意依赖于空间，文字相应承压，只能收敛紧缩，精要精当、字字珠玑。文字体量大的创作，要预计图画占据主要篇幅后为文字留空的难度，预估画面底色对文字显现将要造成的不利影响，尽量避免图文的相互干扰。

决定图画书文字量的因素很多。比如读者，主要提供给低龄儿童阅读的图画书，因读者对象的接受能力、识字量，还有他们的欣赏趣味，文字大幅度让位给图画是必然的选择。比如题材和体裁，同样是源自民间文学，神话和民间故事改编的图画书叙事详尽，童谣改编的就只有百十来字。

图画故事书的文字叙述，与文学故事差别非常大，只能勾画出梗概或轮廓，经常是节略的和跳跃的"不完全叙事"，提供线索，是有隔断、不连贯的"只言片语"，将整篇作品的全部文字单独提出，往往也不是一篇全须全尾的故事。事件的核心叙述，并不总是或不全是文字承担。在图画书的文字与图画的协同叙事中，文字对图画和故事主要做必要的提点或补充，根据需要从各种角度、在各个节点、以各种形式出现，可置于图画书画面内外的任何区间。很多图文关系密切的作品，文字讲述可以由一个或多个字词、一句话或半句话完成，跨页的图画，可以无字或仅有文字特别少的短句；有的作品全部文字都以句为单位排列，句子间以各种逻辑关系形成关联，而另外一些作品，句段间有刻意的分散或散乱，构成更为复杂的意义结构。

图画书的文字呈现较于文学类读物的文字，形态更自由亦更有张力，会因应图画书的叙事目的，言简意赅地指示方向、提示时间、揭示意义、关联结构与推动节奏。图画书文字会有叙述、描写、抒情、说明、人物独白及对话，有概括或铺陈，陈述或说明，比喻或象征，象声或象形，回文或互文，双关或反讽。图画书文字可以打破文法的规定与限制，可以仅仅使用语气词和标点符号，可以跨页断句和连缀，可以后置主语，可以省却主语或谓语，可以让文字有任意的集中或分散，展开或跳跃，组合与排列等一切取决于图文配合叙事和图画书整体视觉效果的需要。那些处于零散状态的文字，既有字面原意，还会与图画整合一同构为图画书中特定的表意单元。图画书里作为画中或画外的文字，有时会像舞台上角色的内心独白，或成为面向观众的"旁白"，制造戏剧效果，表示夸张、突兀、戏谑、反讽等复杂的况味。

图画书主要以图画诉诸读者的视觉而以文字诉诸读者的听觉，尤其是一些追求诗性的图画书，文字会声情并茂。词汇与词组的搭配、句式的选择，都有字音和谐的讲究，追求节奏感和旋律感，包括各段文字的组合与衔接，或以排比、递进连贯，或以重复及首尾衔接循环，让文字内外的音律绵延起伏，直至整部图画书完美收官。故事类的图画书常以文字的拟音塑造人物、描述情境、表达情感，让图画书听读起来抑扬顿挫、悠扬婉转，有金石之声。当图画书的文字兼具了画面感和音乐性，无论字数多寡，分量几何，作品都能成功地实现和提升文学性。

优秀图画书的文字作者会依据故事题材与内容，在能够实现画面表达的前提下，建立起该文本特有的文字韵味和品格。那些广为流传、经常成为讲读者演绎的经典图画书的文字，揣摩其文字风格，或质朴无华，或平和温润，或凝练抽象，或流丽清雅，或有书面语的精粹隽永，或有口头语的俚俗风趣，或有高古幽思，或具儿童天真，或戏谑嘲讽，或幽默玩笑，发人深省、引人感喟……唯有变幻无穷、摇曳多姿的文字，才能成为图画书的绝妙好辞，与图画交相辉映，让图画书的图文合奏相得益彰，有令读者沉浸其中的迷人风采、万千气象。

总体而言，图画书的文字无论数量多少形态如何，在图文一体的叙事中，要发挥其不同于图画、不可替代的优长，让图画和文字的"双语"珠联璧合、齐头并进，共同担负及成就一部优秀的图画书。

中国图画书的图文合奏

中国图画书的图文关系建构

图画书中，无字书的作品数量不多，毕竟完全的图画讲述更有难度，也不适合讲述较为复杂的故事，大多数的图画书要依靠图文的共同讲述。建构图文关系并通过图文交互完成叙事，是图画书艺术重要的组成部分，还经常是一本图画书创意及设计的切入点及扭结点、标示图画书的特质或创作水准的关键点。

《图画书宝典》一书中有图文关系的专门讨论，在引用多位研究者的观点后，作者倾向于将图画书基本的图文关系认定为"对称""补充""矛盾"三种。《一本书读透图画书》的归纳方向相近，理论术语不同，为"冗余""合作""分离"三种。

观察中国图画书在图文关系建构上的表现与作为，我们会发现，相辅相成的图文合作关系是创作者选定的基本方向。这种关系模式与中国幼儿图画故事的图文合一传统相衔接，却也是图画书基础的一种图文关系，我们将其称作"图文对接关系"。这种关系与上文提到的"对称关系""冗余关系"并不完全相同。在中国图画书的创作与作品中，"图文对接关系"是最为普遍的存在。

在图画书的图文对接关系中，图文缺一不可，共存共生。图画和文字讲一个共同的故事，文字的叙述相对完整，与图画有各自的主体讲述，图文配合主要是各负其责、各显其能，无论是否有重合，或者此消彼长的强弱，都会达成方向一致的合力与合作。这种关系的优势是简单自然、易于把握，在图文创作分属两人的创作中具有操作的便利，各种题材各种艺术风格的图画书也都适合。

中国图画书的图文对接的关系模式或与图文合作的创作方式有关。中国图画书的众多作品都是作家和画家共同完成的，比如《团圆》《安的种子》《小黑和小白》《我要飞》《鄂温克的驼鹿》《别让太阳掉下来》等，其中中国作家与境外画家的合作，采用的是文图先分后合的对接创作流程。曹文轩与巴西画家罗杰·米罗的《羽毛》《柠檬蝶》，与郁蓉的《烟》《夏天》，与赵蕾的《菊花娃娃》，与弯弯的《鸟和冰山的故事》，图文合作方式趋同，只是完成上有或圆熟或青涩的差别；作家白冰与郁蓉合作的《云朵一样的八哥》、与沈苑苑合作的《吃黑夜的大象》、与李红专合作的《雨伞树》、与国外画家合作的《一个人的小镇》《一颗子弹的飞行》，作家的创意构思与各种风格图画相互接应，风采各异中精彩纷呈。作家彭懿曾与多位画家合作，在《妖怪山》《不要和青蛙跳绳》中，在《萤火虫女孩》《山楂树和狗獾村》中，在《精灵鸟婆婆》及《怪物爸爸》中，画家的画风、技法及运用的媒材全然不同，但都表现出彭懿幻想叙事特有的奇异及神秘。诗人金波与西班牙画家共同创作的《我要飞》，是图文对接成功、图文关系较为理想的文本，作者和画者相隔万里之遥，创作过程中始终没有直接的沟通，但完成的作品却很好地融汇了东西方的思想与文化、文学与艺术。

图文对接关系或者通过方向一致就可基本达成，比如集中于相同的人物和事件，哪怕是"花开两朵、各表一枝"，以自主及平行的方式表现内容，也可建立起图文的潜在关系。比如秦文君和刘洵合作的《好像》，图文表意相对独立，图文呈现均等切分，图文分述是主轴，图文之间虽看上去较为松散，但作品有人物及情境意境的叠合及勾连，也可以视为图文对接关系的一种形式。

秦文君/文　刘洵/图

在图文对接关系中，图文力量不一定完全对称或均衡，只是即便有主导的一方，次要或弱的一方并不会失去存在的意义。画家朱成梁跟多位作者合作过，他的出色表现让相关作品无不光彩夺目，从《团圆》到《打灯笼》、从《老轮胎》到《香香甜甜腊八粥》、从《会说话的手》到《老糖夫妇去旅行》，朱成梁尝试了不同的画风，以寻求对不同状态故事和文字最佳的视觉表达，但即使这样，画家并不独立承担叙事，作品中的文字无论多少，都不能移除或忽略。在获得"金苹果奖"的《别让太阳掉下来》中，朱成梁显示了以图画增强、拓展、提升文字及故事的卓越能力，作品的成功也得益于画家打造的形象与意象，比如朱红及赤金的鲜亮色彩，泥塑玩具的可爱动物造型，变化的视角与分栏的布局，画面间行云流水般的组接与舒卷自如的节奏推进，兼有艺术美感、儿童趣味及文化韵味的综合图画表意等。但画家朱成梁的创作生发于青年作家郭振媛那个关于太阳的故事，故事的文字虽简明单纯，内中却包裹着能够触发图画书创作的内核。朱成梁的画主导

郭振媛 / 文
朱成梁 / 图

叙事，让图画书迸发出耀眼光彩，可是在作品中，文字的功能依然没有被完全替代，文字在讲述事情的经过与进展，讲述小动物们各自和相互间的"话语"，讲述它们目睹太阳掉落与升起的种种心情和意愿，同样有意义表示及趣味的生成。这便是中国图画书的图文对接关系，无论图画叙事强大到何种程度，文字也不能归于可有可无的"冗余"。

对接的图文关系可能存在的问题，除了同质化及重合产生的低效，对于初涉图画书领域的创作者而言，图文对接的过程中比较容易出现"不对应"，即图文间存在明显的"错失""裂痕"或"缝隙"——并不是刻意的"矛盾"或"背离"。或者中国图画书现阶段的图文对接，还更多表现于图文的共同承载及对接，并不能实现图画和文字紧密关联、丝丝入扣的嵌合式对应，进而达到图文相契的理想状态。让图画书图文表意更趋合体，以更高的结合度融图文于一体，是图文创作者共同的目标。

画家一体完成的图画书创作，虽然同样有图文关系的磨合及生成过程，但图文对接关系更容易成立。画家刘洵自己独立完成的图画书除了无字书《哈气河马》，图文共述的有《牙齿，牙齿，扔屋顶》《谜语》《翼娃子》等，她的创作常以实景照片入画，长于表现生活化场景，真切细腻，其图画表现力强于文字，图文都趋于平实与自然的融合。青年画家黑眯凭借《辫子》一举拿下"金苹果奖"，从作品中我们看到了铜版画的媒材及技法，被恰切而独到地应用于当代女孩心理及情绪的表现，完全自主的创作让她能得心应手、挥洒自如地于图文统合中完成表意并张扬个性。

部分中国图画书达到或接近了图文交互关系的状态。图文交互关系与图文对接关系的区别在于，图文间不仅是相互依存，还是相互作用及相互促进。这是对应性更强、合作性更突出的一种图文关系。图文双方的分述会更具有建设性，图文会填补对方的空白，会"放大""加强"对方及双方的叙事效能。图文交互关系重点在"相互"，图对于文、文对于图，都会是提示的、补充的、增进、放大的，哪怕是重复与重合，那也是必要的强调，如果是分离与疏远，则必须是有意的设计和安排。交互关系作为一种更为紧密的图文配合，凸显的是相互间的互动。

以图画加强或扩充文字表意在中国图画书创作中较为普遍，图画书本来就有强化图画主体、以图画主导叙事的价值取向，中国原创图画书中的众多文本，多靠图画实现"图 × 文"的增效。"图大于文"常见于以图画填充和占据主要空间，一些文字素材单薄的作品，像童谣类图画书，画家还会进行文字外必要的延展及添加，比如《耗子大爷在家吗？》，画家周翔就在画面中增添了许多现代生活趣味及意味的图文细节。有时画家还会基于表现的意愿或游戏的心理，超越文字，于合理的区间内，加入可供发现的有趣细节，比如有意思的人物、动物、物件儿，郁蓉、九儿、沈苑苑等画家的作品就因此特别受到小读者的欢迎。图画的扩容与扩增，有时还会扩大为文字之外的复线。

多种文字形式、多重叙事以及双线故事结构会让图文关系趋于立体及复杂、带来图文互动更多的可能性。《我是花木兰》以现代小姑娘梦想及对话古代花木兰为线索，以画面区间还有表现技法，切分出花木兰替父从军的主线与小女孩遥望花木兰的副线，图文配合让双线得以交织及交汇。图文关系扩张与作品创意的两位一体，让这部图画书出色而抢眼，具有了新异性和代表性。《大脚姑娘》的文字双线与图画分别交互、同步共振，图文表意与趣味生发的双效合一，则让作品从民间故事类图画书中脱颖而出，别具特色。

谢华/文　黄丽/图

《外婆家的马》是画家黄丽继成名作《安的种子》后潜心创作的又一部力作。画家黄丽曾介绍作品几易其稿的艰难过程，她因作家谢华的一篇短文激发了创作的意愿，但苦恼于原始的文本及文字完全不具有图画书的形态，需要对原作进行脱胎换骨的变造。图画书最终得以成功孵化，是图文作者合力实现及完成的，图画书的构思创建与文字的再创作是同一的过程。孩子与外婆在家的生活和孩子天马行空的幻想穿插交替，成为这部图画书的骨架，通过跨页及画幅渐变的转换和切换，造型、构图、色彩，故事、图画、文字，有机而恰切地咬合在一起，严丝合缝，水乳交融。《外婆家的马》因此被视为中国图画书近几年难得的佳作，在图画叙事、图文合奏方面具有样本的意义。

中国图画书中最优秀的一部分作品，都在图文间的"互补""互动"及"增效"有所表现。《西西》《小黑和小白》《敲门小熊》《天啊！错啦！》等都是其中代表。《西西》以第三者叙事及语言泡泡两种形态交互图画，第三者叙述为简明的平铺直叙，给情境以说明与提示，人物旁白开辟出新的图文关系，同时生成意义和趣味。《敲门小熊》借鉴后现代"元小说"叙事手法，将画家、作家还有评论家拉入图画书的图文空间，令故事轨道脱出读者思维惯性及预设发生转向，同步带动图文关系的变异和变幻，创新意图及效果十分显著。

　　徐萃和姬炤华的《天啊！错啦！》是图文关系建构非常成功的作品。全部为"对话体"的文字，与图"卯榫"般的嵌合，完美地讲述了一个荒唐而滑稽的故事。七嘴八舌的众说纷纭，一本正经的将错就错，煞有介事的歪打正着，都在图文中有视觉化地一体呈现，烘托出强烈的喜剧效果及氛围。他们最新的作品《两个天才》，则以一个荒谬、调侃及讽喻意味的故事，让场面阔大、细节繁复的画面配搭语气夸张、动感十足的文字，配伍中有契合，呼应中有反差，对应中有延伸，补充中有叠加，可以看作中国图画书图文关系新的尝试与突破。

徐萃、姬炤华／文·图

　　这一类作品的局部和细部，间或隐含着图画书的另一种趋于极端的图文关系——矛盾关系。这种关系包含有意设置的冲突、背离与悖反，是以故意的拆解和扭结形成隐喻及讽刺的图文关系，也是一种更复杂、更戏剧化及更具有挑战性的图文关系。中国图画书目前还少有整体反映这种图文关系的典型作品，有待未来的创作实践。

图画书图文的契合与互动

　　千变万化、千姿百态的图画书，其图文关系即便依托"对称""互补"或"矛盾"等基本模式建构，也并不会固化或一成不变，具体到每一部作品或作品的某些页面，还会更多呈现出不单纯、不确定的状况。对图画书图文关系的处理，要先从理论上进行原则性的宏观把握，从图画书性质及叙事表意方式加以辩证思考。

图画书与插画类读物的区分，重点在图画地位及性质的改变，图画取代文字成为相关作品的主体，这种主体地位既体现在视觉空间上——图画占比大于或远大于文字，也体现在叙事和表意功能的实际承担上——图画表述主要的内容。但图画书的成立及图画书的创作重心，首先在于图文的共同讲述及图文间的互动，图画书的艺术魅力及阅读趣味也与之相关。

图画和文字在图画书中的"分"与"合"，会基于其作为符号系统的本质属性，基于其异质性，基于各自优长和局限的不同。在图画书中，不管图文合作状态及水准如何，图和文也都会存在相互间的规定、制约与引导，有相互配合的物质条件及基础。

实现图画书的图文合奏，先决条件是力求图画书"图"与"文"的兼美品质。图文各自的水平与状态，不能有偏废，或明显的失衡。图文任何一个体系包括局部与细节的缺失都会直接影响图画书艺术表现的整体质量。图画书图文创作者的组合不仅需要基于作品的调配，双方创作能力以至作为创作主体一方的话语权状态，都可能对作品完成状态产生作用。

实现图画书的图文合奏，简言之是图画书的图文之间一定要建立起密切的关系，这意味着，如果图文各行其道地疏离，也应该是必要及有意为之的疏离。图文间的交互可以是对应或互补或矛盾，但都会有扩充与扩增——矛盾及抵斥会带来更复杂或立体的扩增，但首当其冲的是这种关系要体现出图画书的性质及特长，产生的效果是远大于图配文或图文简单相加的"图 × 文"。

图画书的图文合奏，图画和文字必须分工合作，彼此配合也包括相互的避让。图文可以交集，但最好不要过于重复或重叠。

对于图画能够及擅长表现的内容，文字最好有区别于文学作品的节制，谨慎于渲染及铺陈，在文字的表达力和穿透力方面下功夫，预留出足够版面给图画。画者以色彩饱和的秾丽画风呈现，则要考虑给予文字必要的留白，避免文字呈现于色彩之上，影响读者辨识，或对图画形成冲击。在创作中，图文合作双方难以回避对书页有限空间的竞争，在博弈和角力中，双方需对标图画书文本的内容及最终效果，不断进行调整和修正。

图文合奏的关键，是以图文的"互补"，加强图画间的"互动"。契合和咬合，强化和补充，对照和呼应，延展和发散，矛盾和对立，都是可能的互动方式。只有图与文的充分"交互"，图画书的诸多艺术元素才能全面发动、有机融合，图画书的故事讲述才会更有动能及活力，让作品意义内涵更加丰富，趣味更为丰盈而饱满。

图文关系的创建要结合作品的内容及图文风格，尽可能有自然融合的形态，避免生硬和僵化，让图文的互动轻巧、灵活、开放及富于变化。图文关系的创新与实践，或者还需要更多结合创意设计，结合儿童读者的欣赏趣味，结合图画书的故事构思包括叙事结构中分割叙述及多重叙述展开，图文关系才有更好的生发基础、更充足的条件及可能的着力点。而在图画书的图文关系中加入与读者"互动"的因子，则可能激发关系的立体变换并产生效果。

图文一体的创作更有利于图文关系的创建和实现，但要想产出图画书精品，仍然要在图文合奏方面下功夫。既然没有采用无字书的方式，如何恰到好处地运用文字，不让文字成为可有可无的赘述、在图画光彩的遮蔽下失效，令图画书的文字有质感、有韵致、有品质，与图画浑然一体、相映成趣，对画家而言，是挑战，也是提升或超拔作品的契机，值得下功夫。

至于矛盾、背离、悖反、抵斥等更错综复杂的图文关系，未来也会是中国图画书艺术探索的组成部分，但这种图文关系的整体演绎与图画书现代主义及后现代主义诸多流派关联度更高，会趋向非主流及小众，更多依托创作者的个性化创作实践及先锋实验展开。分解开来作为图文关系的元素，如果能够灵活而贴切地应用于文本创作，会比较容易出挑及出彩，收获艺术功效。

作为图画书创作力量的第三方——图画书编辑，需要在图画书图文协作方面发挥更重要的作用，推动图文作者间的沟通，给予图文一体创作以相关建议，最大程度地促进图画书图文间的平衡与和谐。创建理想的图文关系是每一部图画书的目标，而图文关系的磨合与契合，经常会贯穿图画书创作从初始、修改到完成的整个过程，直到作品出版才最后得以实现，这是因为图画书的图文关系存在于其从封面到封底的任何一个方寸间。

中国图画书的创意与设计

中国图画书的创意方式与设计内容

图画书是凸显创意及设计的读物形式。一本图画书的创作触发点往往来自一个新鲜独特的创意，创作者会依托围绕这个创意进行生发、展开构思，最终的作品也会凭借完成的创意留给读者深刻印象。图画书的创意有时是支撑一部作品的核心，有时是存在于图画书很多细节及局部中的散点。图画书的创意点可能关切作者的主旨或作品的主题，也多见于故事及故事的图文讲述，或散见于图画书从封面到封底的整个物质结构，反映在作品装帧设计的各个环节里。之所以合并中国图画书创意与装帧设计的讨论，是因为出色的装帧设计都有创意包含在内。

中国图画书创作普遍重视题材或主题的立意，围绕儿童教育与中国文化两个重点，中国图画书全力发掘新的素材、选取新的角度、进行新的组合，努力找寻新的切入点，希望借此激发和催生图画书的创意。

蔡皋、熊亮、朱成梁等知名画家一直以表述中国文化及艺术传统作为深耕领域与主体方向，从蔡皋的《百鸟羽衣》《桃花源的故事》《月亮粑粑》，朱成梁的《团圆》《打灯笼》《别让太阳掉下来》，熊亮的《小年兽》《悟空传》《和风一起散步》等代表作品可以看出，他们一直在继往开来、锐意进取，每部作品都在求新求变，每部作品都有突进与破发。他们的成就表明，图画书的创意无限，无限的创意是图画书艺术精髓、图画书艺术生命力之所在。

教育题材和教育主题的图画书创意会更多聚焦于新的向度，以"大自然的邀请函系列""了不起的职业系列""耳朵先生音乐绘本"等为代表。《魔法跳跳床》《七秒钟记忆的鱼》《我是不是太小了》《织毛线的猫》等图画书作品，从书名到故事，从文字到图画，完成性好，辨识度高，自然会受到儿童读者欢迎，孩子们喜欢这套作品还有一个原因，就是每一本的故事中都植入了音高、音阶、音强、音序等音乐入门知识，并配上对应的音乐作品及专家的音频导读文件，这套书冠名"耳朵先生"，策划之时就已经包含了创意的巧思。

中国图画书有很多作品靠主旨或构思中的创意取胜：感化驯服大灰狼"走出森林的小红帽"是一个盲孩，"一颗子弹的飞行"穿越无尽时空昭示了和平的理想，"跑跑镇"的物体冲撞出种种神奇的变化，孩子们时时刻刻都在用"会说话的手"交谈，现代小女孩沉浸于古代木兰从军的故事，向同伴喊出"我是花木兰"，小男孩招呼外婆一起照料他带到"外婆家的马"等，这些创意中有创作者对生活的观察与思考，有他们对儿童及图画书的情感与愿望、理解与想象。创意在与众不同的"创"，更在能够打动人感染人的"意",创意之"意",在有意义、有意味、有意趣、有意思,中国图画书一直努力以"立意"实现有根的创意。

故事和文字的创作者惯于从自然与社会、思想与文化、历史与未来、传统与现实的感悟中汲取创意,画家则长于通过情境与意境、物象与意象转化和升华创意。画家罗杰·米罗在《羽毛》《柠檬蝶》中让人炫目的设计,灵感终归来自曹文轩兼有哲思、想象及诗意的作品底色。在《烟》中,郁蓉以活泼、灵动的剪纸造型刻画人描摹物,更以纠结、缠绕、飘飞、消散形象展示了"烟"的前后变幻;在《夏天》中,郁蓉设计用宽窄不同的小翻页层叠码放呈现触手可及的"大太阳"。这都说明了图画书的创意需要图文创作者的合力创造,画家对作家文本进行视觉艺术角度的构思,有高水平超水平的发挥,是图画书凝结创意,最终破茧成蝶、琢玉成器的关键。

中国图画书由绘者实现的创意,一般都包孕在作家原始的故事构思中。比如《了不起的罗恩》,他人看待罗恩与罗恩看待自己的双重叙事及复线,是图画书可以前后及正反向展开这一独特设计的基础;《如何让大象从秋千上下来》,作家投注想象力的故事构架里,就预理了可以让儿童读者参与互动的桥段及因子;《不要和青蛙跳绳》作家构思的核心是动物们跟孩子抢妈妈,动物们其实是孩子心里的幻想,于是有了作品第25页那个动物们与男孩一家共进晚餐的折页和拉页,作为真与幻的交接点;《一个男孩走在路上》,顺着男孩所见所闻与一路的遇见、所思所想及心中的情感,创作者找到了若干可实现镂空效果的元素,联系前后场景设计出了翻页可见的动态变换。

以儿童为主要读者对象的中国图画书，重视基于儿童接受和儿童情趣的创意设计。总体而言，给学龄前或学龄初期读者的图画书，会着眼于平面中的立体效果，采用洞洞书、翻翻书的形式，会有更多与孩子游戏互动、能给予他们新鲜感及体验感的设计，结合作品故事的构思，以折页、拉页、镂空、立体等多种组合嵌入图画书。除了上面提到的各部作品，《登登的一天》《妖怪山》《抓流星》《章鱼先生卖雨伞》《欢乐中国年》《哪吒闹海》等是其中的代表。《抓流星》创意的特别不仅来自其由胶带纸和彩纸粘贴而成，图画书画面有色差带来的视觉冲击及立体感，还来自于这部作品是一对母女协同完成的随性之作，自带一种天然的活泼稚趣。

有的图画书着重于利用媒材实现工艺和设计的创意。左伟的作品是其中的代表，《好神奇的小石头》不仅以洞洞书的效果为核心，还加入了歌谣唱诵和歌曲演唱，在一本图画书中构架文学、绘画及音乐的三位一体。《小猫小猫怎样叫？》则以摄影、录音叠加原创童谣及音乐，采用异型版式镶嵌音效触动开关。以手工布艺创作完成的图画书近年来不少，《菊花娃娃》《方脸公公和圆脸婆婆》《门》《姥姥的布头儿魔法》等都为读者关注，代表作品还有张宁的《乌龟一家去看海》和《一只特立独行的猪》。

《乌龟一家去看海》讲述的是孩子们喜欢的拟人故事，有励志及认知的内容在内，作品格外出众，重点还在布艺画的媒材和技法。各种颜色、图案及材质的布料，甚至还有作者轧染自制的布料，经过一番裁剪、粘贴、刺绣和线缝的功夫，别开生面地成为了多彩的画幅和画卷，角色的表情依然栩栩如生、稚拙动人，

张宁 / 文·图

那些变化的环境，陆地高山或是海洋，云蔽日的白天亦或月当空的夜晚，布艺画都能神奇地再现，情调温煦、情致温婉，内中有着乡土及传统文化的醇厚底蕴。作品的成功得益于创作者的慧心与巧手，得益于其对生活对儿童对民间艺术不变的初心和热爱。另一部作品《一只特立独行的猪》改编自王小波的文本，主题意蕴深邃，虽同为布艺，但以剪布法为主，造型、构图及色调都有变化。

图画书媒材的创意在科技时代会给读者更多的讶异和惊喜。2018年问世的原创作品《企鹅冰书：哪里才是我的家？》就是一本用特殊材料制成的图画书。全球变暖带来的升温让极地动物陷入生存危机，企鹅和北极熊需要冰冻；用新型热敏材料制作的图书，油墨在低温下才能显效，书本需要冰冻；孩子与冰书开启互动性阅读，对作品的故事、内容及主题就会有身临其境的体悟，"冰冻"的"企鹅冰书"胜在创意的名副其实与形神合一。

金皆竑、林珊 / 文
刘昊 / 图

以媒材和技法增进读者的体验，在形式和格式上花样出新，以开本的选择、形制的创建、媒材的综合运用为主，是中国图画书近十年来艺术进取的主要方向。《北冥有鱼》采用狭长的横向开本，以铅笔勾画大鱼或动或静的造型，投射山海间天色迷蒙的光影效果，贴合作品的神秘及空灵色彩；《柠檬蝶》是首尾相连的拉页长卷，镂空雕刻的各种蝴蝶，以光感映现群蝶翩飞的梦幻效果；《什么都想要的兔狲》，读者看到的是木刻套色画，但角色造型带有画家手作泥塑的原型，用色则揉进了其从彩色矿石获得的灵感，而矿石及矿石之色正好就是作品讲述那个远古传说中兔狲心中的执念。媒材的创意随机衍生，创意的媒材应变脱化，其中自有奥妙，也最见功力。

很多设计集中于封面封底和扉页。比如《盘中餐》带有护封的封面，核心意象是一碗有颗粒感的稻米，与书名呼应、与诗词"谁知盘中餐，粒粒皆辛苦"紧扣，亦与作品致敬农耕文明的题旨照应，一举多得，先声夺人；《好神奇的小石头》借助护封，将洞洞书的概念始终贯穿，让小石头从封面就开始它的魔法变幻。扉页经常是主人公率先登场的门扉，也有利用书名之下的空白开始讲故事的，像《荷花镇的早市》《翼娃子》《精灵鸟婆婆》等，《团圆》《敲门小熊》等图画书则将故事讲到了封底，这里面都有创作者匠心独运的讲究在内。

中国图画书的创作者们注意到环衬区域的有效利用，有的采用单色或映衬底色的留白，有的以简明图案提点线索，比如《盘中餐》的环衬是稻米生产中的各种器具，《敲门小熊》的环衬是各种各样的小房子，《快乐的小蜡笔》是各色蜡笔的画痕，《打灯笼》是夜空绽放的礼花，《放学了》是包括各种汽车、电动车、自行车和滑板车在内的交通工具，《菊花娃娃》环衬里是布艺娃娃、带纽扣的刺绣。

画家经常会为环衬专门作画，或铺垫引导，或描绘环境，或渲染情调，前后环衬为同一幅画的有《妖怪山》《一园青菜成了精》《一个男孩走在路上》。同中有变或完全不同的更多，《花木兰》《天啊！错啦！》《老糖夫妇去旅行》《小黑和小白》《大脚姑娘》《翼娃子》《澡堂子》《乌龟一家去看海》《章鱼先生卖雨伞》《回乡下》《天局》等，无论繁简，均有鲜明的指向或韵味深长的表意。一些图画书如《北京——中轴线上的城市》《一条大河》《和风一起散步》《我是花木兰》《大船》等，会在环衬前后特别安排附页，丰厚作品内容及内涵。

九儿 2019 年的无字书《旅程》，以一颗种子的成长为意象，表现生命向光、向阳、向上的蓬勃生机和惊人力量。作品使用了水粉、剪贴、撕纸、拓印等多种媒材及技法，选择了由下往上翻的竖向开本，因种子的生长旅程在页面中不得不切割，又有方向的限定，创作者给出了相应的配伍设计。作品的封面、前环衬与扉页相连，最后一个跨页与后环衬及封底合并，那颗种子长成前及长成后的样貌，有一前一后两次整体的呈现，而后环衬上飞入的那只小鸟，衔起了一颗种子，意味着新旅程的开启。有意思的是，包括这个尾声的旅程全景设计成为了作品护封，这护封是吸引读者的醒目标识还是提前告知读者结果的剧透，读者阅读之后可加以判断。

九儿 / 文·图

可以预判未来中国图画书会沿着媒材叠加技法的路径单点突破，艺术加技术的图画书作品将纷至沓来，给读者以耳目一新的视觉体验。

图画书的整体设计与创意呈现

图画书有文学的内容和内涵，却是视觉艺术参与度很高的读物形式。读者面前的每一本图画书，都会有开本、封面、环衬、扉页、内文、封底的结构，有的还有护封、附页等。将图画书开本、书型以及图画与文字的布局、风格、媒材使用等考虑在内，我们会发现，设计的因素无处不在。与此同时，随着印刷工业技术的革命，图画书依靠工艺"再现"的限制已经大幅度消解，装帧设计有了更大的自由。对图画书而言，图画不再是注解文字的"插画"，装帧设计的地位也与过往不同，不再停留于格式或只具有形式的意义，已经成为图画书作品的艺术构成，会直接参与图画书的故事讲述和意义表示，并标记一部作品的质量和水准。

图画书作为综合艺术的载体，集成了图画、文字及各种视觉元素，所有内容的连接聚合成为图画书，作为整体呈现，也作为整体被阅读被鉴赏。图画书的装帧设计或显或隐，贯通联动，任何一个细节与局部，都关乎全体，设计的方向和重点、作用与意义，要做一体的规划与评估。

专门提供给儿童的图画书，设计元素要全方位体现对儿童身心的关怀和照顾，顾及各年龄阶段儿童读者的审美与接受、心智与心理、兴趣和能力，图画书的设计会反映出特定时代与社会还有创作者个人的儿童观及教育理念，会反映儿童读物伴随人类文明进程的进步与发展。图画书实验表明，儿童读者对图画书设计环节会以专注的态度认真而细致地欣赏，会从创作者投入心力的设计环节收获惊喜，从中享受到阅读的快乐。

图画书开本的选择，主要取决于画家对于表现的需要及视觉效果的追求。与普通出版物相比，图画书的开本显得更为多变和多样化，特殊版式较为多见。除了不同尺寸的横开本、竖开本、长方型、正方型，还有一些异型开本。图画书的规格会考虑预定读者的阅读习惯和趣味，以幼童为对象的图画书经常采用方型小开本，方便孩子拿取及翻阅，其图文内容简明，人物场景容纳其中并不会过多受限。大开本具有强大视觉冲击力，表现空间开阔，有更大的容积供艺术家发挥，跨页打开的画面，扩张感将更加突出，作品内容最好丰厚扎实，否则容易有大而无当的空洞感。选定异型开本多基于作品创意的需求，采取横版与竖版，画面的方向需预先考虑，包括在作品阅读时转换的效果，避免形式主义，频繁的变化也许会带动读者互动，也可能对儿童的欣赏构成干扰。

封面是图画书的开篇，读者将从中获得图画书的第一印象，需要激发他们的阅读兴趣，提示图画书内容或显示风格特点。一部分图画书会从作品中提取核心的一幅图作为封面主体，有的图画书则专门绘制。作品名、作者画者名、出版社名在内的文字，会占据封面空间产生观感，最好做图文一体、配合内容的设计。

图画书环衬的利用，需要结合全书整体做合适的处置。留白的环衬应该有空置的缘由，单色环衬则最好能渲染作品的氛围与基调，选好的图案要讲究排列，与作品内容形成一定的关联。在环衬中展示完整画幅，无论是否取自作品内文，要有表意的指向，前后环衬异同中的呼应，其实挺重要，行百里者半九十，不能做粗放或草率的处理。

扉页是图画书开启阅读的门户。扉页除了文字信息，大多会提供一幅图，主要的人物或中心的场景，有的图画书扉页是故事的楔子。扉页之前的版权页除了资讯，有时会有作者的献词，和扉页有视觉意义的关系，读者的关注度未必特别高，但作为图画书的前奏，也有精细处置的必要。

成熟的图画书创作会以结构布局先行。有的图画书会因题材、主题和故事讲述的特点，全部或大量使用跨页布局，让画面始终处于饱满、舒展、宽阔中；有的图画书则会设计为数不多的几个跨页，重点展现高潮的核心场面。跨页和单页的穿插，会增强画面的变化感，借助翻页形成图画书的节奏。跨页的使用方式，中折线的利用和处理，需要创作者根据作品反复思量及铺排，以期实现最佳的视觉效果。

文字排版也有设计方面的功课，文字量的大小、句式的长短，文字表述的内容、风格、文法、图文结合方式，都影响和决定字号选择、排列形状及位置、字体、颜色等变异方式。字体需要跟故事背景及文风相合，各种变体以适合读者及容易辨认为前提，孩子的手写体等则需要结合故事情节或画面应答综合考虑。作品的文字排版，需要创作者精益求精，于美观与实用中投注创意、技巧、情趣和个性。

边框、分栏、留白、空白等元素和技巧都带有相对固定的视觉表意。运用边框切割、扩张或压缩画面，或以边框内外提示方位、动作与方向，或以边线的宽窄暗示状况及心理，或采用绘画元素装饰边线，或取消边框以获得空间的释放及自由，这些可供选择的边框都有附加的功能。分栏或纵或横，配合视角及透视关系会有很好的变奏及平衡效果，而适当的留白和有意空白，如能有切合作品的妥帖，经常会产生"无胜于有""无中生有"的视觉效力。

相对于封面，封底在图画书的意义容易被忽视，其实作为全书的收束，封底还是有考究的必要。有的图画书把故事讲到了封底，以"彩蛋"式的尾声让读者有意外发现，还是要能从故事的结构中自然生发，不能画蛇添足。更多图画书会让封面与封底有一体的呈现，取材作品的核心跨页，或预留场景专门绘制，用以提示作品的主旨与基调。

在艺术家看来，任何媒材都可以引入图画书的创作，任何技巧技法的尝试都能引发图画书的变化与生机。越来越多的图画书于形式和媒材上标新立异，散页、折页、揭页、镂空、活动、立体、雕刻、布艺、拼贴，以各种材料及物料集成艺术品，或附带发光发声、触摸质感、光影透视的效果。设计是图画书锦上添花的部分，合适及相宜是把握的总原则，并非多多益善、无往不胜。智巧的设计都有目标和目的，如果指向儿童读者体验的游戏性及互动性，要特别考虑其针对儿童年龄及多元智能发展的综合效能；如果想炫技或一招制胜，则要结合作品找准触发点，以恰切圆融的机巧，收到点石成金的功效。毕竟有些设计依赖技术的保障，有印制成本的相应投入。

编辑对图画书创作的贡献在装帧设计完成过程中会有重要体现，除了图文叙事的一致与互补，设计环节更多依靠编辑的素养能力，包括与绘者的沟通协作，进行制作工艺的完成度及成本的估算。

虽然与设计紧密相关，图画书创意仍然是更全面、更广泛、更有深层意义的概念，独特而新颖的图画书创意，不雷同模仿、不落于套路、不流于表面、不浅薄生硬、不哗众取宠，也没有捷径可走、规律可循，也无从归纳出可以仿制或批量生产的秘钥。卓越的图画书创意是自然而然的有机生发，是顺势而为的水到渠成，更是创作者思想、艺术、文化的厚积薄发，是图画书交汇了想象力、思考力及创造力的超越与精进。只有图画书创意蕴含了意味及趣味，经得起推敲及琢磨，浑然天成、让人拍案叫绝又回味无穷，依托其产生的图画书作品才会有传世的经典品质，才会在大量的文本中脱颖而出、光彩夺目。

衡量中国图画书创作水平的维度与基准

如果将 20 世纪 90 年代作为中国图画书新的历史阶段的起点，至今已有 30 年的创作历程，涌现了一批具有代表性的优秀作品。与世界各国相比，中国图画书起步虽晚发展却快，文化的承载与传统的接续让中国图画书有自己的特色，更有逐步发展、日趋繁荣的态势。以《桃花源的故事》《团圆》《云朵一样的八哥》《辫子》《老糖夫妇去旅行》《别让太阳掉下来》等多部作品为代表，我们见证了中国图画书艺术迅速提升的各个阶段，见证了蔡皋、熊亮、朱成梁、郁蓉等创作者走向图画书的世界舞台。但总体而言，中国图画书的创作水平与世界先进国家还存在差距，而水平的提高与突破，除了继续汲取域外先进经验，进行原创图画书创作实践的梳理、创作规律及理论的总结非常必要，其中也包括评价标准的讨论。

北京师范大学 2015 年成立中国图画书创作研究中心，随即发起"原创图画书年度排行榜"评选，2016 年—2020 年先后评出了 2015—2019 年度 5 届原创图画书 TOP10 作品，并在此基础上联合安徽时代传媒集团推出 3 届中国图画书"时代奖"评选。

评选依托经过讨论确认的标准进行，我们衡量中国图画书创作水平可以主要考虑 5 个方面：

思想和艺术的整体质量

　　图画书包含图画和文字两种符号体系，与传统的图文并茂幼儿文学读物的区别主要在于以图为主，绘画或视觉艺术内容是图画书主要的构成。但图画书经常会讲述一个故事，即使这故事内容主要由图画来表现（无字书全部靠图画），作品首先也是带有文学性质的作品。中国原创图画书的品鉴与评价，要全面并综合考量作品包括思想和艺术、内容与主题、图画及文字表现、个人风格等在内的整体质量。图画书作为综合了文学和艺术的读物形式，不具有完全的规定性和确切性，同时因创作者的激情与活力、开放而自由，会更多趋于独特、多样、新颖及灵活，只有从整体质量的把握入手，才有可能评判一部作品是否将所有的元素有机融合并达到了相对的理想状态。

图文共同讲述的性状及特点的鲜明性

　　图画书作为独立形态的读物品种，最本质的性状特点是图画承担叙事功能与图文共同讲述，有着图文对应、图文互补、图文交互等各种关系状态，有着图文合奏、"图×文"大于"图+文"的艺术效果，许多图画书的创意及趣味也来自图文关系的建构。图画书单纯图好或文好，哪怕图文皆好，有可能仍然没有达到最为理想的图文共述状态。从世界图画书创作及当下创作的发展看，图文共同讲述的性状及特点的鲜明性应该纳入中国原创图画书的衡量评价标准，但图画书图文关系没有绝对意义的定式，不以文字的多少判定，也不排斥各种图文配合的实验和实践。

创意与设计及相关内容的完成性

图画书是视觉艺术，更是综合艺术，其品质与整体创意设计相关联。图画书包括开本、环衬、扉页、对页、封面、封底、边框在内的设计元素，包括附页、散页、折页、揭页、活动页等在内的结构，还有各种媒材的使用与集合，各种特殊形式和体式等，一应装帧的环节和细节，都与图画书内文构成一体的意义表示，都是作品的组织与构成。这些内容同样会引起阅读者的关注和兴趣，彰显一部图画书作为艺术品的特质和品质。创意与设计及相关内容的完成性，同样应作为中国图画书评价及衡量的维度。

儿童趣味及儿童接受性

图画书经常标注为 0 ～ 99 岁读者都适合阅读的文本，但学龄前和学龄初期的儿童还是图画书的主要读者。情感、态度、价值观的培育，自然科学、社会科学以及生活常识的认知，多元智能的发展，是功能性图画书的内容指向，也是图画故事书中常见的题材取向。在家或在教育机构，与成人共读是儿童欣赏图画书的主要方式。切合各年龄段儿童身心发展的需要，富有想象力及故事趣味，适合儿童欣赏，与儿童读者紧密互动，能让儿童体验及享受阅读过程与乐趣，有儿童的立场及广泛的儿童接受性，应作为中国原创图画书艺术评价的参照基准。

中国故事与中国元素的表达与呈现

承载和传递各个国家与地区、各民族的多元文化，是世界图画书创作的重要价值取向与趋向，也是中国图画书走向世界的基础条件与优势。面向世界各国的孩子讲述中国故事，呈现与表达中国文化，需要体现在题材主题、人物场景、时代社会、自然人文等内容方面，反映在文字叙述、图画表现、媒材技法、装帧设计等艺术层面，都要结合儿童视角及生动故事，有底蕴的深厚、气韵的生动、形容的优美。将中国元素、中国风格作为原创图画书评价维度，应避免概念化、简单化及表面化，避免集中指向民俗风情，流于固化的中国符号，创作者要放眼世界，从各国经典文本中习得经验，以图画书的话语方式表达中国文化，让图画书中的中国元素、中国风格与时俱进，拥有开放的格局、万千的气象。

以这 5 个维度为基准，来自中国图画书创作、出版、研究、推广各领域的专家学者，评选出了以下原创图画书年度排行榜及时代奖的入选作品。

原创图画书 2015 年度排行榜

《夏天》：曹文轩 / 文，〔英〕郁蓉 / 图，二十一世纪出版社

《跑跑镇》：亚东 / 文，麦克小奎 / 图，明天出版社

《会说话的手》：朱自强 / 文，朱成梁 / 图，连环画出版社

《不要和青蛙跳绳》，彭懿 / 文，九儿 / 图，接力出版社

《小雨后》：周雅雯 / 文·图，天天出版社

《我要飞》：金波 / 文，〔西班牙〕哈维尔·萨巴拉 / 图，中国少年儿童出版社

《辫子》：黑眯 / 文·图，天天出版社

《方脸公公和圆脸婆婆》：武玉桂 / 原文 翔子 / 编，王天天 / 图，二十一世纪出版社

《夏夜音乐会》：含含 / 文·图，连环画出版社

《麻雀》：梅子涵 / 文，满涛 / 图，接力出版社

原创图画书 2016 年度排行榜

《盘中餐》：于虹呈 / 文·图，中国少年儿童出版社

《巴夭人的孩子》：彭懿 / 文·摄影，明天出版社

《我是老虎我怕谁》：王祖民、王莺 / 文·图，江苏少年儿童出版社

《走出森林的小红帽》：韩煦 / 文·图，接力出版社

《雨伞树》：白冰 / 文，李红专 / 图，中国少年儿童出版社

《奇妙的书》：杨思帆 / 文·图，广西师范大学出版社

《豆丁要回家》：黄丽丽 / 文·图，明天出版社

《小青虫的梦》：冰波 / 文，周翔 / 图，湖南少年儿童出版社

《明天见》：米吉卡 / 文，王可 / 图，中国少年儿童出版社

《远去的马蹄声》：贺捷生 / 文，沈尧伊 / 图，解放军文艺出版社

原创图画书 2017 年度排行榜

《六十六头牛》：改编自民间歌谣，王祖民 / 图，明天出版社

《柠檬蝶》：曹文轩 / 文，〔巴西〕罗杰·米罗 / 图，中国少年儿童出版社

《我是花木兰》：秦文君 / 文，〔英〕郁蓉 / 图，中国少年儿童出版社

《小黑和小白》：张之路、孙晴峰 / 文，〔阿根廷〕耶尔·弗兰克尔 / 图，明天出版社

《桃花鱼婆婆》：彭学军 / 文，马鹏浩 / 图，贵州人民出版社

《敲门小熊》：梅子涵 / 文，田宇 / 图，北京联合出版公司

《翼娃子》：刘洵 / 文·图，明天出版社

《大脚姑娘》：弯弯、颜新元 / 文·图，贵州人民出版社

《打灯笼》：王亚鸽 / 文，朱成梁 / 图，连环画出版社

《萤火虫女孩》：彭懿 / 文，李海燕 / 图，接力出版社

原创图画书 2018 年度排行榜

《别让太阳掉下来》：郭振媛 / 文，朱成梁 / 图，中国和平出版社

《鄂温克的驼鹿》：格日勒其木格·黑鹤 / 文，九儿 / 图，接力出版社

《外婆家的马》：谢华 / 文，黄丽 / 图，海燕出版社

《怪物爸爸》：彭懿 / 文，含含 / 图，新世纪出版社

《溜达鸡》：戴芸 / 文，李卓颖 / 图，明天出版社

《太阳和阴凉儿》：张之路 / 文，乌猫 / 图，青岛出版社

《水獭先生的新邻居》：李星明 / 文·图，连环画出版社

《吃黑夜的大象》：白冰 / 文，沈苑苑 / 图，中国少年儿童出版社

《抓流星》：贾玉倩、张展 / 文·图，明天出版社

《企鹅冰书：哪里才是我的家？》：金皆竑、林珊 / 文，刘昊 / 图，湖南少年儿童出版社

原创图画书 2019 年度排行榜

《一条大河》：于大武 / 文·图，中国少年儿童出版社

《两个天才》：徐萃、姬炤华 / 文·图，二十一世纪出版社

《大船》：黄小衡 / 文，贵图子 / 图，中信出版社

《小美的记号》：余丽琼 / 文，周翔 / 图，新世纪出版社

《布莱克先生和他的狗》：九儿 / 文·图，贵州人民出版社

《苏丹的犀角》：戴芸 / 文，李星明 / 图，二十一世纪出版社

《下雪天的声音》：梅子涵 / 文，〔俄罗斯〕伊戈尔·奥列伊尼科夫 / 图，贵州人民出版社

《小黑鸡》：于虹呈 / 文·图，中信出版社

《什么都想要的兔狲》：熊亮、黑眯 / 文，黑眯 / 图，山东画报出版社

《我用 32 个屁打败了睡魔怪》：彭懿 / 文，田宇 / 图，接力出版社

第一届图画书时代奖获奖作品

金 奖

《我要飞》：金波 / 文，〔西班牙〕哈维尔·萨巴拉 / 图，中国少年儿童出版社

银 奖

《不要和青蛙跳绳》：彭懿 / 文，九儿 / 图，接力出版社

《会说话的手》：朱自强 / 文，朱成梁 / 图，连环画出版社

《辫子》：黑眯 / 文·图，天天出版社

《好像》：秦文君 / 文，刘洵 / 图，明天出版社

《跑跑镇》：亚东 / 文，麦克小奎 / 图，明天出版社

第二届图画书时代奖获奖作品

金 奖

《我是花木兰》：秦文君 / 文，〔英〕郁蓉 / 图，中国少年儿童出版社

银 奖

《六十六头牛》：改编自民间歌谣，王祖民 / 图，明天出版社

《小黑和小白》：张之路、孙晴峰 / 文，〔阿根廷〕耶尔·弗兰克尔 / 图，明天出版社

《了不起的罗恩》：午夏 / 文，马小得 / 图，安徽少年儿童出版社

《敲门小熊》：梅子涵 / 文，田宇 / 图，北京联合出版公司

《乌龟一家去看海》：张宁 / 文·图，接力出版社

期盼中国图画书在这些方向及基准之上，有更多、更好、更高水平的创作实践。中国图画书在路上，有未来，值得也需要图文创作者、编辑出版者、研究评论者共同努力。

第二部分

中国图画书作品
创作研究

《荷花镇的早市》

周　翔 / 文·图

　　《荷花镇的早市》被誉为中国图画书"优美而诗意的开端"，开创性及代表性来自于很多方面：图文一体创作与图画主体叙事，中国画风的水彩画卷，江南水乡的自然风光和民俗风情，时代与社会背景下的中国乡土与文化。男孩阳阳跟随姑姑穿行于水镇作为线索，让图画书有了儿童的视角。作品文字简练，由图画承载及表达的内涵丰厚，百姓日常图景的写实与写意中，蕴含着创作者对生活对风土的理解与体认、情感与愿望。

　　整部图画书以江南早晨的烟云弥漫、雾气蒸腾开篇，水彩晕染中天光由朦胧而明亮、水色由蓝而绿，随着小船泊岸，一幅幅阔大的画面有序铺陈开来，依托人与物、风景与情景、情境与意境的刻画，展开饱满而充分的图画叙事。

　　读者可以看到穿城的河流与沿河的街巷、河里的船与河上的桥、河边屋宇的白墙灰瓦与阁楼门窗，看到位于水岸小镇不同方位的农贸市场、露天戏台、店铺摊档以及赶集、嫁娶、唱戏、做寿等场面，看到那些在舟桥、房舍、树木、街市背景中依时序作息、为生计奔忙的人们，看到摆摊的、抓猪的、放鱼鹰的、唱戏的、修鞋的、理发的、拉二胡的人，看到他们各自的营生与行动举止中讲述的生活故事。进入画面的文字，无论是店铺的

"吱嘎——吱嘎——"清早的薄雾里，响起了摇橹声。

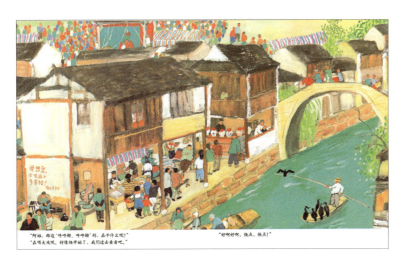

"阿婆，那边'咔咔锵、咔咔锵'的，在干什么呢？"
"在唱大戏呢，好像快开始了，我们过去看看吧。"

"好咧好咧，快点，快点！"

△《荷花镇的早市》内页

招牌还是墙上的标语，或提示着信息，或渲染着气氛，都在协同表意。

在人头攒动、熙熙攘攘的大场面之外，画家还特别添加许多可供读者发现的小场景：屋檐下生炉子、台阶边晾白菜、河水里洗衣裳、阁楼上晒被褥、遛鸟的老者从桥上过，看街景的女子凭窗而倚……小镇的喧闹与兴旺、江南的物华天宝与人文荟萃，社会与时代欣欣向荣蓬勃向上，体现和反映在图画书每一个跨页、每一个图画细节中，生发出令读者欣喜而感动的意味与韵味。

作品有图画书特有的整体设计，扉页就开始叙述故事，除了结尾是单页，全部采用跨页布局，画幅之间有时间及空间的衔接，整部作品如同一幅徐徐铺开的长卷。封面和封底合为一体，是内图的截选，前后环衬是青绿色水彩淡淡的浸染和涂抹，恰似黎明时分的水色天光，有可供读者领略与鉴赏的蕴藉与余韵。

《火焰》

西　顿／原文　朱成梁／文·图

　　动物的母性与人类的母爱有共通之处，相关题材与主题总是具有触动人心的情感力量。画家朱成梁在阅读西顿一则讲述母狐狸救子的故事后长久地沉浸于其中，图画书《火焰》由此成就。

　　西顿的《春田狐》意在通过人类与动物间的对立与冲突，凸显动物的英雄个性与性格特征，传递"我们和动物同属于一个家族，人类所具有的东西动物不会一点没有，动物所具有的东西在某种程度上也为人类所分享"的观念，故事以悲剧化处理，作者的悲悯情怀溢于言表。

　　朱成梁面对儿童读者以图画书的艺术重述及重构了西顿的故事，《火焰》的编绘有意选择具有关键性且能够加强戏剧悬念及紧张性的时空节点，重点描绘动物主人公的行动过程，昭示火焰对抗猎人、营救孩子的勇气与决心，火焰的举动及形象多了机智和灵活，有了柔软及坚韧，散发出绵绵不绝的情感力量。

　　《火焰》具有鲜明的图画书特质，图文共同讲述，呼应故事节奏有单幅图与跨页图的组合，构图方面有分栏、大图与小图配合，底色及留白都有恰到好处的圆熟处理。俯视、仰视、平视，各种视角的变化，让图画叙事流畅而富于动感。几幅具有视觉冲击力的跨页，比如火车与猎狗近在咫

月光下，火焰回到农场，愤愤地章近刚点的笼子，就在这个时候……

"汪汪！汪汪！"
猎狗突然跳了出来，恶狠狠地扑向火焰！

△《火焰》内页

尺地迫近火焰，火焰在铁轨上狂奔直至跃上桥边的山丘，还有狐狸们白天及月夜逐渐聚集最后排满山坡，或刻画惊心动魄的瞬间，或描摹情致动人的场面，都给读者以强烈的视觉印象，凸显创作者的艺术功力。

作品的造型以拟人角色的稚趣可爱为基本特点，作为主人公的火焰在画家的笔下尤其具有灵性，绝境求生的智勇果敢，母性的舐犊情深，让这个形象立体而丰满，对比两只小狐狸的软萌与柔弱，还有猎人和猎狗的凶猛及愚笨，配合着文字，这部图画书将故事讲得活灵活现、绘声绘色。

画家的用色包括涂抹晕染的技法独到而恰切，人物及景物着色纯正清亮，有透明及光泽感，正好烘托出作品温煦动人的情感氛围。

《火焰》有讲究的整体设计，扉页中火焰母子站立于角落望向读者，最后一页定格于历劫后它们离开森林的出走，对于作品的内容及主旨都有隽永的喻示，引入思考及回味。

《安的种子》

王早早 / 文　黄　丽 / 图

　　这是一部颇有禅意和深意、颇具传统文化色彩的图画书。作品以三个小和尚栽培千年莲花的故事,阐释了静待花开的生活智慧,表达了顺应自然、宁静致远的哲学观念及人生态度。

　　作品以本、静、安三个小和尚获得古老的莲花种子后,各不相同的想法与行动展开故事,本急于求成,静刻意经营,安沉静淡定,而本和静相继失败、安最终种出莲花的结局,昭示了尊重自然规律、等待并把握时机、静候时间的孕育与养成等道理。

　　作品的主旨同时还映现于主人公安的塑造上,拥有了莲花种子的安依然如故,一如既往地日出而作、日落而息,享受着静好的岁月,安度着平淡的时光,内心清澈而明净,淡然而幸福。他的言行举止是他内心的外化,而他的心性与莲花的自性合二为一,放下、自在、守候、相信,千年莲花由此种成。

　　表达深远主题意蕴的这部图画书,叙述节奏却是简洁而明快的,而与节制内敛的文字表达形成呼应的绘画风格,

老师又分给本、静、安每人一颗古老的莲花种子。

△《安的种子》内页

则总体趋于朴拙，注重中国文化元素的汲取与呈现。书的前半部分用色偏于厚重，冬日的寺庙分外静谧，苍劲的树干、雕花的窗棂、简朴的器具、家常的灶台，灰色的庙宇、院墙、地面，土红色的柱子、横梁、庙门，唯有雪的白成为画面中的亮色。后半部分随着季节的流转，色彩突然由暗转明，从成行树木的绿荫到一方池塘的碧水，渐次呼唤出盛夏莲花绽放的绚烂。

不久，种子发芽了。安欣喜地看着眼前的绿叶。

△《安的种子》内页

前环衬以肃穆的深秋始，树叶凋零，一旁是安与小狗寂寥的足印；后环衬则是安种出千年莲花后仍泰然自若、挑水劳动的背影。封面设计匠心独运，漫天飞雪中是主人公安的特写，小和尚神情专注地注视着手心里的种子，平和安静的面部表情，有隐约可见的笑意，透露出他对种子的珍视与信念，封底的绿荷与白莲色彩上与封面有明显的跳脱，但内在的扣连却是深切而悠远的。

《团圆》

余丽琼 / 文　朱成梁 / 图

　　《团圆》聚焦中国江南小镇一个普通的家庭，讲述小女孩一家团聚过年的故事，在挂灯笼、贴春联、放爆竹、包汤圆、舞龙灯的场景中，中国年、中国民俗、中国风情、中国人的生活——得到了展现。作者和出版者将作品取名"团圆"而非"春节"，提示这部图画书所要着重表达的是中国人也包括海外华人一脉相传的文化传统。

　　在经济发展不平衡的中国，告别家人外出务工是普遍的现实，过年时团圆也成为了大多数中国人共同的经历，对于孩子，这种经历集聚了更强烈的思念与盼望。《团圆》详尽描绘了父亲归来后与妻子女儿共度的几天短暂时光，无论是喧哗热闹的节庆场面，还是平常朴素的家居场景，都有着浓厚情感的倾注，在读者眼中，那团聚的欢喜、分别的不舍是真切而感同身受的。许多孩子阅读这本图画书会热泪盈眶，相信是书本唤起了他们的记忆，触动了他们内心深处的忧伤和渴望。画家朱成梁理解的作品主旨更为深远："团聚、分别；再团聚、再分别……大大小小的团聚和分别构成了我们的人生。"悲欢离合是人类共同的体验，所以更多的读者包括没有中国年见闻的域外读者，也能理解并体会作品传递的感怀与情愫。

　　写实是《团圆》图文的总体风格，图文作者有意以朴质无华的文字、平实可感的画面再现最平凡最现实的生活图景，对三个主要人物进行了细致的描摹与刻画，可以说，作品对人物有着从发型到服饰、从面容到表情、从行为到语言、从性格到心理的全方位塑造，各个形象因此神形兼备，父亲的勤劳能干、母亲的温和贤惠、女孩的乖巧可爱，在中国家庭中颇具典

△《团圆》内页

型性和代表性。一些服饰细节，比如父亲的工装皮鞋与围裙袖套、母亲的新棉服与高跟鞋、女孩的红棉袄与新帽子；一些场景细部，比如父亲回家时拖着大大的行李箱旅行袋，父亲要走时女儿倚门站立一只脚在内一只脚在外等，都有着特殊的意义表示与情感表达。

作品有意选择了不少儿童喜爱的元素，除了孩子们平时喜欢吃的棒棒糖、爱玩的玩具汽车、布偶，还应年节季候，添加了烟花、爆竹、彩灯、气球、风车、挂饰，还有过年的新衣、压岁的红包、包在汤圆里的好运硬币。细心的读者会注意到，多幅画面中都有一只白猫出现在女孩身边，它也是这个家庭的成员，在平常的日子里每天与小姑娘朝夕相伴，见证她的喜怒哀乐，慰藉她独处思念时的孤单与寂寞。

整部作品采用明亮鲜艳的色彩构图，着力渲染过年的喜庆气氛，两个无文字的对页，都全景式地描绘了红火热闹的过年场面，有效淡化了守望与分别的感伤。作品最后一页，女孩在母亲的轻抚下，挥手送别坐着长途客车离去的父亲，母女俩鲜亮的服饰，远处的蓝天白云，营造出开阔明朗的意象。封底图画讲述了故事尾声，父亲在外工作与生活的地方，摆着一家三口的全家福照片，隐约可见照片上的母女穿着过年的新衣。

《一园青菜成了精》

编自北方童谣　周　翔／图

　　《一园青菜成了精》根据中国北方童谣创作，画家周翔以率性恣意、求新求变的创作，让民间乡土题材的中国图画书有了更具现代性的风貌。

　　《一园青菜成了精》这首童谣有着乡间特有的原生态本色，用语俚俗，情绪表达粗犷狂野，蔬菜成精、混乱打斗的情境与场景有着令人兴奋的新奇乖张、荒诞刺激。从故事完整性出发，作品有意添加了老农牵牛离开菜园的楔子作为前奏，当满园青菜在主人离去后"精变"成活蹦乱跳、个性张扬的人物，菜园自然变成了它们争斗打闹的竞技场。歌谣中角色的设置、行为的特点、交战的过程及结果，关联各种蔬菜的形状物性，它们的虚张声势、煞有介事突出了场景的拟人化和戏剧性。童谣音韵和谐的句段，则正好搭

△《一园青菜成了精》内页

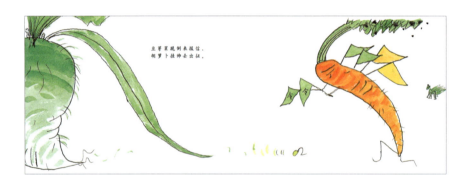

△《一园青菜成了精》内页

配图画书翻页的结构节奏。

改编自这首童谣的图画书并不只有这本，比较而言，这一个版本好像更多考虑了儿童的接受，从戏剧性及游戏性角度把握和呈现。蔬菜角色的众多造型，总体趋向了漫画式的夸张与变形；简练的构图着重于角色的动感及动态，同时以留白打开供读者想象的空间；构图看似凌乱但乱中有序，对比强烈的色彩让场面十分热闹。

图画书有图文的各自讲述与彼此呼应，除童谣文字中的基本内容，作者在图画中补充了大量的内容及细节。菜园里各种昆虫成了战争的参与者和旁观者，勇士举着小旗打仗的景象援引自京剧武打场面，歪嘴葫芦放大炮喷出的具有杀伤力的籽儿，豆腐和凉粉拖泥带水地狼狈逃窜……特别值得一提的是那些入画的文字，小喽喽高举的"辣椒队""滚滚军"等各阵营旗帜，旗上还标有"藕霸""辣王"等唬人的称号，很有戏谑搞笑的效果。

前后环衬是两幅相同的城外菜园的全景，交代了故事发生的环境；同一句"出了城门往正东，一园青菜绿葱葱"，在开头和结尾的两幅对页上分别表现出蔬菜成长的不同阶段；扉页上老农赶着驴离开的背影拉开了蔬菜成精这一出闹剧的序幕；与扉页呼应的最后一页，老农一副目瞪口呆、大惊失色的表情为读者的理解预留了空间，而封底的动物们正争先恐后跳出水面，也预示着另一出精彩好戏即将上演。

《桃花源的故事》

〔日〕松居直/改编　蔡　皋/图

　　图画书《桃花源的故事》素材取自我国东晋诗人陶渊明的《桃花源记》，由日本出版家松居直改作，中国画家蔡皋绘图完成。

　　《桃花源的故事》以优美的图画与文字，再现了《桃花源记》的情境和意境，传递了《桃花源记》的核心意旨，通过"一个与世无争的美好田园，表现不与世俗同流合污的精神境界"。"桃花源"在作品中是景象更是意象，陶醉于自然景观的优美，安住于淳朴的乡村，生活恬静社会和谐，便是所谓的"世外桃源"，为历代中国知识分子向往及探寻，直至当今，桃花源依然是人们的精神家园和理想归宿。

　　作品的内容与原作相比，有多处改动和更为具体化的表达。故事发生的年代和整个国家民不聊生的背景是作者的补充；渔翁看到桃花源景致的时候，"掐了一下大腿，怀疑自己在做梦"，这种具体而形象的描绘，具有写实而生动的特质；渔翁回家之前，村里人送给他很多礼物，拜托他保守秘密，是合情合理的心理和要求，也是桃花源得以与世隔绝成为秘境的缘由；渔人回武陵之后，并非主动报告，而是被带到太守府上，只能讲述事情的经过，官府追寻的结果当然也就在读者预料之中。

　　中外合作者在图文共同叙事上有出色的协同与配合。蕴意深厚、诗意盎然的叙述与中国画的水墨晕染珠联璧合。画家蔡皋的深厚功力，不仅在传统山水画笔墨、技法与色彩的化入，更在于汲取了图画书构图及运镜的要诀，在视角和景深变化中描摹如幻如梦的桃花源胜境及人们怡然自得的生活画卷。桃花源胜境得以鲜活再现，人们梦想的桃花源在图画书画出的河流扁舟、桃林竹园、茅舍农田、杯盘碗盏中，也在画家笔下各个男女老幼的身形和眼神里，令人神往，让人沉醉。

▽《桃花源的故事》内页

图画书媒材主要是宣纸、水彩及水粉。桃花源处处桃花盛开，仔细端详，并不见多少工笔精细描画的朵朵桃花，而是一团团迷蒙绚烂的粉色，以色彩点染出层次感。阔大开本让画面构图需要更多有视野的整体布局，可以看到中国画传统的山体夹隙、园中流水、底色留白等技法得心应手的运用。封面和封底是规格不同的同一幅画，一圈淡粉色将桃花源安宁祥和的景致围绕起来，传神而写意。封面有夺目的光彩，封底散发着余韵，吸引着读者徜徉其中、流连忘返。

《进城》

林秀穗 / 文　廖建宏 / 图

　　《进城》的图文作者来自台湾地区，这部图画书作品的创作和接受是海峡两岸文化同根同源的最好例证。

　　图画书的素材来自一则民间笑话，经过创作者的加工改造，作品有了生动传神的人物、一波三折的故事，有了意味深长的旨趣。小虎儿和老爹赶驴进城，是否骑驴及谁来骑驴，好事者们发表着各种不同的看法，他们听了一圈改了一路，甚至试过抬着驴走，可最后却回到了开始的状况。在复杂而充满矛盾的生活中，任何选择都只是相对的合理，过于在乎旁人的议论，一味听从他人的意见，只会陷入无所适从的困境。

　　《进城》的机巧构思与创意，还在于那些评头论足的好事者不是寻常人等，他们有的来自古代文学名著，有的来自神话、传说和民间故事，个个都大有来头，其发表的意见关联着各自身份还有思维

△《进城》内页

小虎儿和老爹心想：
现在两人都坐上了驴子，
这样肯定不会有问题了！

远远地，一组迎亲的队伍，朝他们走来——

这下子，小虎儿和老爹更不知道该怎么办了。
正在此时，一个壮汉红着一只老虎走过来。
那群人看见了，都大声拍手叫好。
小虎儿和老爹想：
或许我们也可以像他一样！

△《进城》内页

或行为习惯。作品借此在老爹父子赶驴进城的故事中，植入了众多有代表
性的中华传统文化的典故。这些掌故的嵌入和叠加，有效扩张了故事空间，
生成了不少"嫁接""戏仿"的趣味。

创作者引入典故充分利用了图画书图文共同讲述的结构，树上抓着芭蕉扇的男孩儿是孙悟空，林中携花篮拎花锄的姑娘是林黛玉，打虎的壮汉是景阳冈的武松，威风凛凛穿戏服的大将是张飞，钓鱼的老者是渭水边的姜太公……文字中只包含少许线索，相关内容以融入画面为主，或通过造型暗示，或在场景里出现，或在角落里隐藏，比如小男孩坐着的那棵树上结着娃娃形状的人参果，树旁藏着猪八戒和牛魔王，八仙样貌各异身带法器，最前面就是倒着骑驴的张果老，指责老爹他们虐待动物的是娶亲队列里的老鼠媒婆……读者需要结合图画和文字，借助观察和联想，理解作品的想象与投射，体会故事内外的双关意趣。

除了主线与穿插的典故，图画中还隐含着故事细节。小虎儿和老爹出发时，路边有个土地庙挂着"有求必应"的牌匾，预示着这路途会有某些奇遇；他们抬着驴行走重心不稳掉进了水中，小虎儿顺手捉了条大鱼，他也忍不住提醒钓鱼的老爷爷要用鱼钩，老爷爷只微笑回应，老爹恍然大悟，小虎儿则把鱼放回了水中。

从封面开始，读者就会注意到作品与众不同的黑白基色以及剪纸、皮影戏感觉的画风，还有年画、京剧艺术等元素的撷取，民族及民间趣味浓厚。造型圆润丰满，画面布局及构图错落有致、疏密相间，充分留白让画风更趋素简爽利，古朴中有现代气韵，乡土中见雅致品格。

图画书的装帧设计也有讲究之处，扉页有小虎儿抓鸡的场景，故事讲述自此开启，那只鸡将一直伴随着他们的进城之路。前环衬是孙悟空架着筋斗云翻山越岭，后环衬是老爹和小虎儿跋山涉水赶路，比照着看，别有兴味。

《门》
陶菊香／文·图

　　这部图画书取材现实生活，主题思想有小中见大的深意，门里与门外，大人与孩子，既折射着当代社会日渐疏离的人际关系，也传递出人们对彼此友好相处的真诚意愿。

　　面对需要取回掉落衣服的邻居，小男孩从隔着猫眼拒绝、透过窗户观察到尝试帮助，孩子的心理发生着变化，而整个行动的过程成为了作品的主线。"拒绝"来自"不给陌生人开门"的安全意识，"陌生"则是因为双方虽为邻居却并不相识的事实。小男孩努力提供了帮助，同时还守住了规则。"我可没有给陌生人开门"，作品结于男孩的一句独白，照亮整部图画书的，就是这属于孩子的聪慧与天真和与生俱来的善良与温暖。

　　作品以"门"为题，"门"是物象也是意象。门是入口，代表内部与外部空间的分隔，门也是出口，代表个人与外界的连通；它可以屏蔽与阻隔，也能开启与交流。门铃、猫眼、门锁的安全链，关联着故事的进展，两个人物最后交还衣服还是只拉开来不宽的门缝，写实与真切中，有引人思考及回想的况味。

　　《门》的图画叙事应用了多种元素及方法。门、和门对应的窗、窗的护栏及窗帘，在作品中有多次及多角度的显示；猫眼的画面，门成为灰色的背景，猫眼的变形，反映出男孩的紧张与戒备；到叔叔扛来梯子的画面，窗帘的绿色成为主体，小男孩的内心已经有了触动及松动。放置在桌上的男孩的涂鸦画作，也有意义的传递与表示。

图画书的创作主要基于布贴画的技法和效果，与媒材切合，作品构图方面的特点主要表现为视角的多变、基线勾勒的简明与抽象，总体风格有现代感。而色彩的运用尤其值得关注及称道，门是冷重的青灰色，同样的色调还有环衬的楼宇和作为工具的笤帚，它们对画面空间的占据及反复出现，释放出了压抑及冷漠的情绪；窗帘及衣服是代表活力的绿色，与灰色形成对冲，顺应故事发展，提点出一切可能的转机及改变。

《门》作为图文一体的创作，有图文的有效合作及整体设计。文字多为角色对话，承担叙事时则极为精简，保证了画面有足够的留白和空白；都市的林立高楼作为故事背景设置在前后环衬上，封底上给出了故事的尾声，绿色外套穿在叔叔的身上，读者可以注意他行进的方向。

▽《门》内页

《漏》

改编自民间故事　梁　川/图

　　"漏"和"咕咚来了"等属于同一类型的民间故事，多以听闻声响后各种惊慌失措，叠加误会和巧合构成情节波澜，制造出诙谐幽默、滑稽逗趣的戏剧效果。图画书《漏》有密实的故事肌理。老头老太太养的小胖驴成为老虎和小偷共同惦记的目标，它们选择在雨夜入室偷盗难免做贼心虚，听到老太太怕"漏"，便有些心惊胆战，把"漏"当成了假想敌，于是有了从"失足""相撞""狂奔"到"折返""相遇""逃离"一系列状况发生，环环相扣，高潮迭起。

　　画家梁川的一体创作让作品有圆熟的图文关系状态，文字简洁而精当，以讲故事的目标主导，声口利落，或以叙述推进事件，或以声音渲染气氛，或以重复及对照铺垫节奏，文字避让更支应着图画，为绘画预留出开阔而自由的表现空间。

　　传统水墨画风的选择，绘画表现的创新与突破，让图画书《漏》的这个版本有雅俗共赏的格调与品相。画家刻意用黑、白、灰、黄来造型人物与动物，描画场景与场面，晕染暗夜雨夜的环境，通过变形的夸张、抽象的写意，将朴拙而乡土的民间故事，演绎得隽永而蕴藉，虚实相间、动静相宜。墨色的浓淡，为雨，则有雨水的滂沱；为山，则有山的幽暗，屋内屋外、黑夜黑影，都在有层次的变化中。作品虽有撕纸、拼贴等技法补充，但首功还是在绘画。

△《漏》内页

观赏画面就能感受到画者的不俗功力，皴染涂抹出的角色活灵活现，无论是憨直的老夫妇、贼眉鼠眼的小偷，还是壮硕的小驴子、威风八面的老虎，无不跃然纸上，呼之欲出。各个画面都有精心的布局与构图，那场瓢泼大雨，还有小偷和老虎再次相遇后的两个高潮场面，别致而出彩。老虎和小偷慌不择路的四下逃窜，它们对"漏"放大了无数倍的极度恐惧，都高妙地转化为了视觉的图像，故事扣人心弦，表现淋漓尽致。

图画细节丰富，开篇老爷爷老奶奶打扫、喂草，结尾小驴子喝水，小驴子优哉游哉、老人唉声叹气，但对老虎和小偷的鸡飞狗跳毫不知情置身事外，有戏剧反讽的意味；听到"漏"之后，老虎和小偷对自己心中厉害的人与物有所联想，老虎是"大爪怪""卷舌王""毛虫""臭水大鳄鱼"，小偷是"麻五""毛六""三眼""十三娘""赵家的狗""师傅"，表意双关，令人莞尔。

作品的整体设计周全讲究，手写体与打印体的混搭，封面手写体的书名与作者名，上大下小的摆放，给人雨水滴落漏下之感，恰到好处地契合了书名的"漏"字。

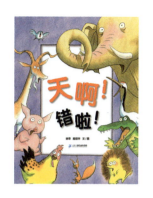

《天啊！错啦！》

徐 萃　姬炤华/文·图

　　这是一部思想艺术、内容形式都颇具现代性的图画书作品。

　　小兔子将一条红色裤衩错认为一顶帽子，不仅自己戴，还先后让大象、松鼠、鳄鱼、公鸡、小猪、丹顶鹤、羚羊、刺猬、小鸟等诸多动物试戴，相互间以"迷人""棒""神奇""帅气""了不起""有趣""酷""漂亮"等溢美之词作为评价。见多识广的流浪汉驴子辨识其为裤衩之后，小兔子陷入了疑惑和困扰，动物朋友们的反应更让它无所适从，可最后小兔子依然做出了以"裤衩"为"帽子"的主观认定。

△《天啊！错啦！》内页

错啦，这不是帽子。

没错！就这么穿！

　　作品标新立异地讲述了一个滑稽荒唐中包含意趣及理趣的故事。即使相对于孩子的认知经验，小兔子的谬误亦是显而易见的，可创作者偏偏让小兔子将错就错、不改初衷，让小兔子的选择显得合情合理、逻辑自洽，大概是想借此宣导一个道理：世间万事未必一成不变，适合自己就是对的，每个人都应该听从自己内心的声音。

　　除了动物角色们的自说自话、众说纷纭，图画边框外还有一个画外音的评述者，但它同样不具有主导叙述的权威地位。画框内外的声音始终不一致，小兔子最后还撕开画框驱逐画外音，这种设计有"逗趣"之外的深意，可从后现代叙事的向度加以理解和品味。

《天啊！错啦！》以图文一体的故事叙述为创意及优长。包括书名在内，文字全部为对话，可这些对话与图画有天作之合的相契，它们经过了艺术化的编排设计，字体、字号和颜色呼应着故事情节的发展和主题的表达，位置、方向及形状，都与图画构成交融交互、丝丝入扣的整体，有牵一发而动全身的恰切，不可或缺，亦不可移除改变。

作品以图画完成的叙事饱满而充分。漫画风格的小兔子极具辨识度，故意夸大的耳朵和极度纤细的脖子，给人精灵古怪的印象，其动作、表情与好玩可乐的故事氛围十分贴合。小兔子与动物朋友辨析裤衩和帽子的过程异时同图出现在一个画面中，表意精简而灵动。开篇传统山水画的江南风情与后面的故事画风有刻意的反差及混搭。渐入故事的场景中，随处可见篱笆、八仙桌、竹躺椅、竹板凳、盆景、角楼等中国元素的写意，至小兔子进入森林，环境有梦幻的虚化，色彩也趋于变异，而驴子出现的两个跨页，以色区隔，非常醒目。

这部图画书有无处不在的故事讲述。封面上动物们个个瞪圆眼睛、张大嘴巴，一副不可思议的表情；前环衬上散落的稿纸、钢笔、水杯及各种衣物，扉页上角楼外飘动的衣物，起风的画面，共同交代了裤衩的由来；后环衬动物们头上各种各样的帽子来自前环衬晾晒的衣物，是故事的新高潮，同时还强化了故事的主题；封底是继续流浪的驴子，它脚下的道路、惊诧的表情、面朝的方向呼应着封面和内文，还有"那不是帽子"与"那就是帽子"的两行文字，隔空叫板似的传来，真可谓余音袅袅，不绝于耳。

《葡萄》

邓正祺／文·图

　　《葡萄》这部图画书以时尚清新、风趣活泼的风格广受读者欢迎。

　　作品的主人公是只想吃葡萄的小狐狸，为种出最多、最甜的葡萄，他四处寻师问道，得到了"要有爱"的秘诀，为了知晓怎样才算有爱，他又探访了几位他认为"顶顶有爱"的人物，将他们的教导在葡萄园里一一付诸实施，最后大获成功。创意和巧思是图画书的主要特色。

　　狐狸是幻想文学的传统角色，作者巧妙地借助了狐狸吃葡萄的譬喻，另辟蹊径，塑造了一个聪明可爱、好学勤奋的小狐狸，有想法、肯努力，打动了读者，赢得了大家的喜爱。

　　拟人角色小狐狸身上带着呼之欲出的孩子气，图文中的他举止顾盼，稚拙本真、憨态可掬，他勤勤恳恳、费力劳心，目的简单直接，为了吃，为了吃到最多最甜的葡萄，自己一个人吃，吃到一颗也没剩下，这些都是孩子的方式孩子的情形。几个核心场景刻画的小狐狸形神兼备，盼望葡萄满园流口水的馋嘴模样，在葡萄架下翩翩起舞的认真与笨拙、朝思暮想急不可耐的守候与等待、摸着鼓胀肚皮的得意与心满意足，无不惟妙惟肖，喜感十足。出色的人物塑造奠定了作品的成功基础。

　　作品幽默趣味还来自故事出乎人意料的情节展开，猪妈妈喂奶羊爸爸

△《葡萄》内页

护犊，青年男子求婚、芭蕾舞学校师生练习、神父教堂布道，轻巧地嫁接到小狐狸种葡萄的规划及实施中，场景错落中自然生成谐趣，让故事的演绎轻巧而活泼，俏皮而新异。种植的学问、收获的哲理、爱的法则、为人做事的基本态度，都通过小狐狸葡萄的种与收的过程，告诉了读者。作者的创作初衷有了完满的实现，作品也有了阅读的价值和品质。

配合故事的内容，作者选择了跳脱而简约的漫画风，精致的小开本，底色无边框，造型以蜡笔勾勒轮廓为主，淡色水彩清雅动人，与简明洗练的文字非常贴合，调子轻松活泼，特别能迎合当下年轻父母及孩子的欣赏趣味。

《葡萄》图文合一创作，图画和文字分工合作讲述自然天成，技法虽略显青涩，图画书图文契合的特质已然确立。作者之后还有姊妹篇作品《烟花》问世，仍然是以自在天真的小狐狸为主角，有更多的动物出场，曾独享葡萄果实的狐狸依然拒绝分享，烟花绽放夜空的结尾则多了点儿调侃及讽喻，用色的多样化，变换视角设置场景，对比《葡萄》，可以看到创作者在艺术上不断探索的努力。

《云朵一样的八哥》

白 冰／文 〔英〕郁 蓉／图

　　《云朵一样的八哥》采用第一人称叙事，以八哥作为叙述主体，描绘了一只曾经生活在人类家庭的鸟儿想要重返天空、重获自由的内心诉求和强烈意愿，借此表达作者对于人与动物关系的理解与思考，宣扬了平等、关爱、和谐、个性以及自由至上的生活观念与人生态度。

　　文字以"每一只小鸟都有自己的歌，歌声里有小鸟的梦想和快乐"总起。整部图画书的文句集合起来，是一首隽永的诗歌。以内在和外在的韵律，呼应着图画的景象、物象和意象，浅吟低唱。于是图画书有了一个灵性的

△《云朵一样的八哥》内页

故事，一个朴素而飞扬的故事，一个如音符般跳跃的故事。

在绘画表现方面，作品最大的特色在于东西方剪纸艺术的融合，既有欧洲剪影艺术在纸张上镂刻出人物走兽影像的方式，也有中国剪纸的许多传统手法与样式。人物身上有如意纹、水藻纹、桃花纹，中国习见的亭台楼阁、花鸟市集、遛鸟逗狗等生活场景，则以新异别致的影像现于纸上。读者一定注意到作品中的剪纸没有采用中国传统的红色，而是将西方剪纸中常见的蓝黑色作为色彩基调，似乎更能象征八哥作为笼中之鸟的忧伤，进而积攒它重返山林的情感力量。

剪纸是《云朵一样的八哥》的核心艺术形式，通过素描的添加，不仅故事的场景更加饱满，生活的样貌更加具体，而且在画幅中形成两种媒材的反差与互补，图画书带给读者的视觉印象也更多元立体。创作者特别注意了剪纸和素描总体风格的趋近，比如人物、动物及景物的造型都带有一定的夸张变形，线条无论粗犷还是纤细，都散发着稚趣。

作品画面中还隐藏了许多有趣的细节，包括公园中的鸟儿造型的喷泉，不同形状鸟笼中的各种鸟儿，虎视眈眈盯着八哥的小猫，椅子下潜伏的狐狸等，前后环衬也包含着故事内容，读者细心阅读就会有更多的发现。

作品的封面与封底是一幅跨页，八哥于悬挂着众多鸟笼的树上一飞冲天，是书名意境的提点，如果仔细欣赏作品的扉页，会发现那八哥停留于晒衣绳上的场景带着些自我的揶揄与调侃，家长里短与诗的远方，都是现实，配合着俏皮的献词，还有图文并茂的作者简介，会发现这部作品也关系着画家自己和自己的生活，或者还有她以艺术追求心灵自由的感悟在内。

《北京——
中轴线上的城市》
于大武 / 文·图

　　《北京——中轴线上的城市》是一部文化底蕴深厚、艺术表达优美、具有中国风格及中国气派的图画书力作。作品以北京城古往今来的演变与传承为核心、以时间与空间为线索，将作为文明古国历史都城和现代政治文化中心的中国北京，全方位、立体地展现在读者面前。

　　画家选择长方的阔大开本，沿北京中轴线取景，以地理方位推导，同时以岁月更迭、四季交替的时间线贯穿，北京自清朝到新世纪数百年的变与不变是刻画和表现的重点。随着画幅的徐徐打开，从永定门一路向北，

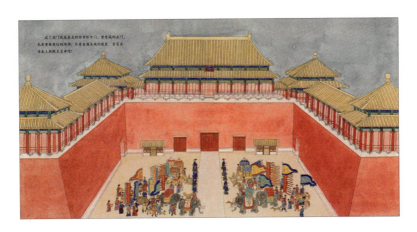

△《北京——中轴线上的城市》内页

△《北京——中轴线上的城市》内页

气象恢弘、优美壮丽的北京尽收眼底，读者仿佛开启了一段穿越千年的纸上之旅，于图画书的视觉图像中，饱览古都及首都北京的自然人文景观，于壮美而秀丽的风光中，领略中华文明的博大精深。

作品将城市建筑与社会发展、与人们的生活紧密相连，紫禁城内外串连起古代帝王的活动行止和百姓的日常生计，高楼大厦传递出繁华都市的现代化气息，奥林匹克建筑群作为新地标代表北京新世纪及国际化，古雅方正的城楼、时序变迁的物候、鳞次栉比的屋宇、规范有序的行人车辆，还有城市上空飞过的大雁、空中飘扬的风筝，无不显示着北京的得天独厚、物华天宝，标记出北京留给中国及世界的城市形象和印象。

在布局设计方面，图画书内文全部采用跨页和无边框的满页，中间折叠的拉页将页面空间拓展至最大，以彰显三大殿的气势宏伟与气度庄严。前环衬用淡雅颜色描绘了古代的北京，绵延的山峦和长城，把读者一下子带进了悠远的历史语境；后环衬则是现代北京中轴线的鸟瞰图，林立的高楼、错落的街道依稀可见，前后巨大的反差，映现北京城的过去与现在。作者对书脊有巧妙的利用，直观展示出笔直的中轴线及左右对称的北京城结构。

以写实的工笔真实而真切地描画城市及建筑的风貌，科学性和艺术性的统合，是这本图画书最为突出的特色。书配有附页，排版改横向为纵向，以图文标注的方式，依自下而上、由南至北的方向，按方位序列解说了北京中轴线的结构美学和建筑艺术，择要介绍了沿线的名胜古迹，图文内容信息量巨大，足以让读者全面深入地感受北京，感受这座建城三千多年的世界名城厚重的文化积淀，赞叹中华民族创造文明的贡献和力量。

《那只深蓝色的鸟
是我爸爸》

魏捷／文　何耘之／图

　　这是一本关于父爱亲情的图画书，意象独特，叙事精巧，用想象关联儿童的生活现实与心灵愿望，富有感性及诗性，情趣浓厚，情致动人。

　　作品从孩子骄傲的"那只深蓝色的鸟是我爸爸"的话语展开故事，细致地描摹了爸爸扮成鸟儿从树上笨拙而吃力地飞起来的场景，他老而胖，他飞得气喘吁吁，但却始终坚持，一遍又一遍……在反复的铺陈中，图文故事一步步调动读者的好奇心，直到最后才揭示谜底，原来爸爸所做的一切，只是为了教会孩子一道数学题。似幻犹真，在意想之外，又在情理之中，同时采用了第一人称的视角叙述及插叙，这些构思让作品与众不同。

　　深蓝色是作品中爸爸的颜色，它给人沉稳与安定的感觉，还有理性、沉思、抚慰、保护等寓意。故事中，面对数学题这样简单而平凡的事，爸爸却用了最笨拙、最复杂和最不平凡的方式，其背后潜藏的正是父亲对孩子的爱与呵护。这种爱沉稳而理性，浓烈但不张扬，对于渴望父爱的孩子，是最有亲和力的召唤及吸引，有情感逻辑的内在支撑，幻想自然能够挣脱现实的羁绊，自由而轻灵。

　　故事的最后，让"我"学会数学题的，并不是爸爸和小鸟们一次次的演示，而是"我"的"顿悟"，这一设计关联着作者对教育的反思与审视。最好的爱是用心的陪伴，需要持久与耐心。

水彩为主的图画，色彩鲜亮、柔润，透着画布的肌理，恰到好处地浸染出真幻交融的视觉效果；人物造型稚拙、可爱，爸爸飞翔时的坚定，与儿子相处时的慈爱，孩子对父亲全心的信赖和仰望，还有树上空中鸟儿们无拘无束的姿态情态，动静相宜，极好地彰显了作品温情脉脉的氛围。

绘者对画面有着精心的设计，画面以仰视为主，既切合文字的叙述视角，也暗合着爸爸在孩子心中高大的形象；跨页大图多刻画父亲飞翔的画面，小图多表现父子相处和为飞翔做准备，充分地展现出爸爸的飞翔带给孩子内心的激荡。画幅中的一些细节十分传神，飞了三遍的父亲力不从心有点喘，在空中呼出了一团团的白气，孩子神情专注地用面包屑犒劳小鸟们，瘫坐一旁的父亲爱意满满的视线一直在孩子的身上。再看封面和封底，封面是竭尽全力飞翔的父亲，封底则多了"我"伏在了父亲身上，父子共飞的画面，暗含图文作者的取义：要用爱凝结成长之翼，托起孩子的飞翔。

▶《那只深蓝色的鸟是我爸爸》内页

我和爸爸看着这群小鸟吃完了面包屑。那只绿鸭嘉离开的时候，还很有礼貌地和我们说了再见。

《羽毛》

曹文轩 / 文
〔巴西〕罗杰·米罗 / 图

这是一部哲学意味浓厚、艺术表达极具张力的图画书。两位才华横溢的创作者赋予了这部作品思想的深邃及艺术的灵性。

"我是谁？""我来自哪里？""我将去往何处？"这些关于生命本源的终极追问，在作品中既是内容也是线索。羽毛的寻宗之旅，代入了人类对自己归属感的焦虑，包括对生存方式、生存状态的思考。东西方文化交汇的广阔空间，能激发读者多维多向的理解及想象。

作品中的羽毛对"我属于哪一只鸟"的追寻，象征着它自我意识的觉醒，这种觉醒让其与杂草与落叶区分开来，它先后经历痛苦的迷茫，激越的飞扬，最后回归宁静与平淡……在轻盈与沉重中，在脆弱和坚强里，在生命力量

▽《羽毛》内页

与质量的回环往复中，羽毛让自己的存在具有了独一无二的价值与色彩。

巴西画家罗杰·米罗有以图像语言承载中国文化及传统的自觉。作品汇集了很多代表中国的意象，各种形状的青花瓷瓶、游弋着红鲤的水缸、使用中国古代纹饰的鸟类造像等。这些文化符号有不同于中国本土的表达，亦有现代艺术的装饰感渗透其中。

中西合璧还体现在图画书的媒材、技法及装帧上，画家利用剪影、拼贴等手法塑造出各种夸张变异的鸟儿形象，以绿色、蓝色、灰色、红色等作为底色，色彩饱和度高，反差强烈。造型及构图线条灵活，纤长的脖颈、尖利的嘴喙、鲜艳的尾羽、扭曲的爪子，视觉上有陌生化效果。

羽毛是作品的主角，也是叙述的核心，贯穿作品始终，在内文及封面封底都有重要而突出的显现。封底勒口处的半根羽毛，折叠后与内页画幅合并成完整的一根羽毛，让其在画面的右侧构成画面，参与到故事讲述中，老鹰出现后画幅调整，羽毛转换形态，直接出现在画面中，由小到大，由画面局部到整幅的特写，渐进强化及凸显，与故事的叙述相呼应。精巧的构思及精湛的设计，让图画书有卓尔不群的艺术品格。

封面的构图抽象而极具现代感，羽毛与鸟儿，奇异及奇妙的组合，画龙点睛，先声夺人。

▽《羽毛》内页

《烟》

曹文轩 / 文　〔英〕郁　蓉 / 图

　　这本图画书从内容到形式都有着浓郁的中国风韵。从人物的设定、故事的情境看，这是一个久远的乡间故事，仔细品味，内中有普世的人生哲学与道理。

　　开篇的"瘦子家"和"胖子家"，似与不似之间，已见出画者的着力铺排。或玩耍或干活或发呆的人们，四处的猪羊鸡鸭狗猫，日常的氛围，透着居家生活的散淡与闲适。

　　"胖子家住河东，瘦子家住河西。他们是一对冤家。这一天，他们在一座独木桥上相遇了"，故事讲述就此开始。作者以叙述与对话的组合，交代双方矛盾的产生与激化过程，追求诗意美感的作者，间或描写句段点题，同时调节叙述的节奏："黑烟白烟，轻轻盈盈地飘到了天上，它们先是自由自在地飘了一会儿，很快，都向对方飘了过去。"

　　图画书的视觉表达借助了多种媒材及技法，或繁或简、飘逸灵动的剪纸造型，配合线描及剪贴，疏密相间填充于画面空间。通过主色调蓝色的深浅、明暗的变化，以及与底色的映衬，人物及动物形象有了虚与实、形与意的错落，兼得了表意与美感的双重效果。

　　画家还着力于图画书的整体设计，图文有避让及嵌合，在各个跨页分出主次并轮流交替，高潮处以拉页突出。拉页的拉开与叠合跟文字表述及故事进展有粘合与贴合，暖色调让这个核心页跳脱出来，提点故事即将出现的转折。如果这时读者对封面及环衬还有印象，就会发现中心页的色调与其存在呼应，创作者的扣色亦是扣题。

封面封底一体，前后环衬页有细节繁复的故事场景呼应情节，这些环节卓有成效地彰显了作品的艺术表现力，是图画书非常具有欣赏价值的有机构成，扩充了作品的内容与内涵，能让读者充分领略图画书独有的魅力。

故事尾声，那些红苹果黄苹果，还有孩子手里线牵的彩色气球，黑烟和白烟融为一体，变成的淡灰色的云，其间彩色的线条，彩色的小鸟等要素，更多地考虑了儿童的趣味，也让作品欢乐与温暖的情感氛围得到充分的渲染。

偶遇偶发的争执、意气用事的嫌隙、结怨与积怨，最终因"烟"而烟消云散。东方文明国度的"和为贵"理念，睦邻友好相处的意愿，表达于乡间民间的生活，多了几分隔空传音般的禅味与趣味。

△ 《烟》内页

《妖怪山》

彭 懿 / 文　九 儿 / 图

　　图画书环衬上有这样一句题词，"每个孩子心中都有一座妖怪山"。作者对这本图画书的题记，关联书名，更关乎作品的主旨。作品由此在幻想情境中展开了几个孩子跨越他们的"妖怪山"的心路历程，邀约我们的小读者投身其中，直面自己心中可能的"妖怪山"，共同跨越丘壑并在这个过程中经历成长。

　　《妖怪山》的内容及主题具有的价值和意义，在于其对儿童行为的错误有开明而平和的态度，在于其给予了儿童道德重建与自我救赎的机会，并将这种救赎与心灵创伤的疗愈相结合。野狐、虎牙、笛妹三个孩子慌乱中本能抛弃了小伙伴夏蝉，这个错误让他们深陷自责与内疚，接到夏蝉来信后孩子们赴约、救助、回归的一系列行为过程，证明了孩子心中的自省与向善，这种向善是故事情节的内在驱动力，作品因此超越了对孩子言行错误进行拷问及训诫的窠臼，具有了唤起儿童、感召儿童的真切力量。

　　图画书围绕主题及故事内容构思图文讲述。具有象征意义的妖怪山在作品中同时也是故事进展的核心场域，召唤小妖怪的游戏关联着夏蝉的失踪，孩子们的救赎行动也在幻境及游戏规则中展开并实现，从几个孩子分别踏上写着自己名字的小路，直到他们以各自的方式让夏蝉认出自己，再到大家重新拥抱在一起，神秘幽深、变幻莫测的氛围，呼应着人物的紧张和焦虑，作品的故事推进既有悬念和起伏，又有方向和节奏，直到落幕于圆满结局。

《妖怪山》整体注重了图画讲述的效能，许多故事内容通过图画中隐藏的细节表达，很多细节兼有提供线索、预埋伏笔的表意：四个孩子上山时手持的物件、玩耍的动作，在后面彼此身份的确认中成为关键；那封信上分明写着夏蝉稚嫩笔迹的手写体，让人不得不相信邀约的真实；劫难后四个小伙伴手牵手玩起转圈圈游戏；还有核心跨页中，夏蝉与精变后的伙

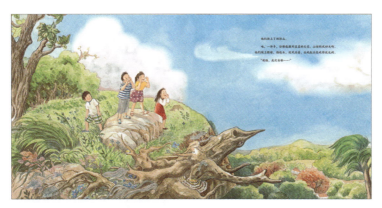

△《妖怪山》内页

伴们平行的同步互动……绘者在整体构图、视角转换、色彩变化等方面的处理颇为用心。轻灵的魔幻与沉重的现实交织，自然的幻境与幻想的时空交错，成就了作品独有的艺术魅力。

《妖怪山》细密的图画细节对读者的阅读发出了召唤也构成挑战，投注耐心及观察力读图，更能收获隐藏于图画书中微妙的意趣。

《老糖夫妇去旅行》

朱自强 / 文　朱成梁 / 图

　　《老糖夫妇去旅行》讲述一对夫妇计划旅行却反复思虑最终放弃的故事，以幽默调侃的戏谑方式，嘲讽了人们的瞻前顾后、犹豫不决。

　　老糖夫妇纠结于酒店的选择，左右他们取舍的还是对于舒适安逸的追求，怕辛苦、怕劳累、怕风险，畏惧未知环境，这种旅行态度当然会错失其原本具有的冒险与探索的乐趣，丢失感受目的地风光及风俗的旅行价值。而且老糖夫妇评判酒店优劣主要依靠网络，信息检索及共享的便利会让人不自觉中放弃自主判断，人云亦云地偏听偏信，正是互联网时代人们难以避免的行为模式及惯性。

　　作品的叙事线索清晰，以"选择旅店——检索网评——代入想象——否定选择"的逻辑结构推进，从海岛的山上到山脚、从街市中心到海滨渔村、从岛外的小镇到城里的购物中心一路进展至作品结尾。坐在沙发上两人看着电视屏幕上的"再见"，与开头他们兴致勃勃筹划旅行形成反差。平和的叙述和舒缓的节奏，也让讽喻的味道趋于温和，不至于尖利或过于刻意，有一份点到为止、云淡风轻的随性和从容。

　　图画与文字分别及协同讲述故事，文字和图画分而叙之，拓展了故事叙述空间，扩大了故事讲述的内容及层次。两个人物形象表情生动、情态

△《老糖夫妇去旅行》内页

逼真，举手投足之间凸显人物的性格，作为背景的生活空间细节丰富、情态饱满，漫画化的造型与文字叙述风格统一契合，彩铅与水粉的配合，卓有成效地彰显出整部作品的风雅与雍容的趣味。

图画视觉传达中有考究的细节设计，比如网友评论的字条前面的标志是网络符号的直接引用；老糖夫妇幻想中美好的度假场面使用了带色画框，呼应并生成了图画叙述的节奏感。前后环衬同一中略有变化，后环衬多了的实质地图和热气球，包含了对现代人生活方式的思考与期待，配合着老糖夫妇乘坐飞离海面的游艇、勇敢飞翔的封面。作者显然在鼓励人们离开循规蹈矩的安逸生活，走出自我封闭的思想及行动空间，搭乘具有冒险性质的热气球，放飞生命的激情，体验不可预知的旅行带来的乐趣。

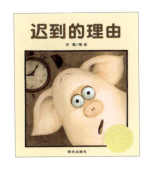

《迟到的理由》

姚　佳 / 文·图

　　《迟到的理由》是一本生活气息强烈、儿童情趣浓郁的图画书。借助拟人化的主人公形象，作品讲述了一个迟到的故事，对应着孩子们的生活经验，很让小读者感同身受。小猪迟到后搜肠刮肚地编造理由，小读者会投入地进入故事的情境，体会主人公情绪的起伏变化，在故事的发展及结局中，纾解自己迟到时感到的困窘与压力。

　　小猪迟到后的忐忑不安是作品构思的出发点，其编造出的理由令人忍俊不禁，跟拟人形象的幻想逻辑非常合拍。其中有小猪对自己及班中其他同学过往经历的联想和想象，分别与大象、鳄鱼、长颈鹿的特征相联系，有的观照小猪自己的爱睡懒觉、爱吃东西、丢三落四。在一波接一波的推动及叠加后，故事出现突转，小猪情急之下的坦白，老师的宽容大度，让作品圆满收束，小读者亦可明白，诚实面对是最好的方式。

　　作品中塑造的小猪形象憨态可掬，滑稽的八字眉下有一双圆溜溜的大眼睛，目光炯炯，人物的表情十分搞笑，比如迟到了不敢进教室的眼神，想到好吃的流口水的嘴角，顾不上拉拉链的书包，都让这个形象格外立体而丰满。

　　作品图画选择偏暖的棕黄色调，线条圆润，画面构图颇有讲究，人物

133

的方位与角度，人物与背景的统合，场景视点及焦距的变化，都有表意的指向。在图文配合及图画细节方面，图文一体的创作体现出了优势，传递内容的同时能够有效生成趣味。比如小猪焦急地蹲坐在学校大楼的走廊，墙上挂的名人画像，贴着"时间就是速度、时间就是金钱"的挂幅；长颈鹿家窗外，是小猪匆匆跑过的身影等。书中许多文字的编排、字体字号也都做了艺术化处理，或上下起伏、或逐渐变小、或上扬变大，很好地配合了作品的故事情节及人物的心理活动，比如小猪关闭的各式各样的闹钟的画面旁边，七个"关闹钟"的文字呈现似乎也是配合着铃声的振动不规则地跳跃着排列。

图画书封面以小猪迟到的惊慌而担忧的表情开始，封底以小猪神情自若端坐在课堂的书桌旁结束，封面封底和内文形成了故事的补充讲述。前后环衬的设计只有小猪正面和背面的变化，简洁利落的同时又凸显了小猪面对迟到时的慌张和无奈，细心的读者也可以在若干的闹钟中找不同，颇具游戏性。扉页上的一幅图颇有寓意和韵味，床脚有一堆散落的图书，图画书《迟到大王》翻开倒扣在最上面，是对小猪迟到的暗示，也是对同题作品的关照。会心一笑的读者，定是联想起了这两本书的异曲同工之妙。

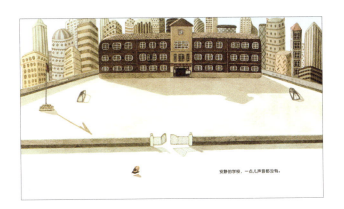

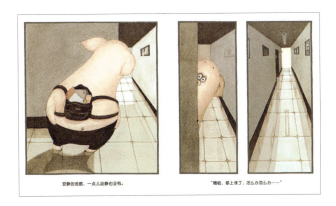

△《迟到的理由》内页

《九色鹿》

保冬妮 / 文　刘巨德 / 图

　　《九色鹿》故事取材于敦煌壁画《九色鹿经图》，以《鹿王本生》为蓝本，通过作家的创造性改编，更借助画家极富敦煌壁画神韵的绘画呈现，将一个佛教故事演绎得唯美浪漫、动人心扉。

　　《九色鹿》的文字采用诗歌体，以第一人称展开故事叙述，总体风格上融合了史诗的宏大深厚、叙事诗的细节描摹及抒情诗的情感抒发，在词语的优美精粹、节奏的舒缓有致及思想意蕴的绵长深厚等方面值得称道。作品叙事方式与叙述语言的选择与处理，冲淡了故事原本具有的道德教化功能，九色鹿的高贵品质成为刻画的重点，让整部作品焕发出艺术的华彩及深入人心的情感力量。

　　画家对于九色鹿的整体塑造，颇见功力。九色鹿并不拘泥于九种颜色的外在显现，而是以刚劲的线条勾勒轮廓，半透明的笔触涂抹出白色、米黄等梦幻、朦胧的色彩塑形，在虚实相生中，九色鹿圣洁、神秘、纯净、超凡脱俗的形象出类拔萃、卓尔不群。

　　图画以铅笔淡彩绘制，吸取敦煌壁画工笔重彩、以形写意、晕染的艺术手法，装饰感浓厚。雅致、清亮且纯度、明度不一的浅黄、浅绿、浅蓝成为主色调，传递出柔软、明亮、温暖的故事氛围，红色、黑色、深蓝色等色彩参差配伍，有视觉意义的质感及情绪意义的触感。比如在王后做梦、城郭布告、溺水者告密、九色鹿被围等画面中，红色占据了重要的位置，或映现人性的贪婪、欲望的疯狂，或暗示情势的危急；而夜晚的画面，静谧的深蓝呼应黑色的人影、武器，渲染出宁静表象下的暗涌。

　　源于佛经故事的《九色鹿》，具有神话及灵幻色彩，其中蕴含的遥远时代的生活场景、东方古国的异域风情，能够让儿童读者自然产生浓厚的阅读兴趣，而其深刻的主题思想、丰厚的文化与艺术底蕴，更能带给他们有益的道德教诲及审美熏陶。

　▷《九色鹿》内页

《空城计》

海　飞　缪　惟／文　刘向伟／图

　　"国粹戏剧图画书"系列秉承传播中国戏剧文化的理念，选择最有中国特色、最具传统艺术风貌的戏剧及戏曲剧目，以图画书为载体，图文并茂地向孩子也向世界讲述中国戏剧故事。《空城计》是其中有代表性的一本。

　　"空城计"是家喻户晓的三国故事，讲述了魏、蜀、吴三国时代，蜀国丞相诸葛亮在魏国将领司马懿率数十万大军围城、无力守城的险境下，设下空城计退兵的故事，极富传奇性地刻画出了诸葛亮的足智多谋与临危不乱。

　　图画书提炼戏曲中最有故事冲突和戏剧性的部分——城危、定计、抚琴、兵退，围绕主人公诸葛亮的言行举止集中展开叙述，线索清晰、主次分明、结构及节奏简洁明快。文字叙述既有别于原著，也不同于戏曲，文风古雅精粹，颇有风范。

　　京剧是作品的表现及呈现的核心，图画书的图文都围绕这一核心展开。作品中的人物，诸葛亮、司马懿、赵云等，包括司马懿身边的魏将、诸葛亮身后的琴童，造型依据京剧设计，脸谱、盔帽、蟒袍、硬靠、厚底靴、宝剑、拂尘等戏曲元素让作品具有原汁原味的戏剧色彩。此外，人物的表情、姿态、动作，带有戏曲唱念做打典型范式的痕迹。

画家还注意从中国山水画、工笔画、绣像小说人物画等传统技法中借鉴技法、提取意象，多视角构图，工笔重彩描摹人物和场景，虚实相间烘托气氛，线条流畅、造像生动，画面中心突出、表意丰富，兵戎相向的肃杀、敌我双方斗智斗勇的惊心动魄都在波澜不兴的平静外表下，比如险峰与烟尘营造出城池危在旦夕的险恶处境，旗帜飘动的方向暗示着进军与退兵，画面有象外之象、境外之境的层次感。在此基础上，画家成功地将戏曲原作因舞台限制而程式化、虚拟化的简约处理，加以写实地、具体地、生动地再现，儿童读者通过图文阅读可以了解戏曲经典剧目并发生兴趣，直接感受到传承至今的京剧的独有魅力，亲近中国文化传统，从中获得补益，涵养精神，培育审美能力，这也是"国粹戏剧图画书"的创意及价值之所在。

△《空城计》内页

《好神奇的小石头》
左 伟/文·图

　　这是一本以创意与设计见长的图画书。创作者左伟谙熟学龄前儿童的心智特点、审美需求及趣味，选择孩子日常熟悉及感兴趣的小石头，以循环往复的魔术变化，引导小读者在幻想故事情境中认知各种动物、什物及事理，兼以文学和艺术、绘画及音乐，策动孩子全身心投入阅读，综合发展多元智能。

　　《好神奇的小石头》采用了设问及回答的基本构架，以实现幼儿想象及生活经验的充分调动，配合图画书的翻页，小读者可以积极参与到猜测与验证中，兼得阅读的惊喜与游戏的趣味。

　　作品利用洞洞书镂空的"洞"，以石头之变串连起老鼠、鸭梨、汽车、蘑菇、刺猬、母鸡、企鹅、鲸鱼、气球，观察的角度从孩子的身边延伸到

△《好神奇的小石头》内页

△《好神奇的小石头》内页

户外的池塘与森林，延伸到远方的陆地和海洋。情节及画面以自由变幻的联想组接，完全是一种跳跃的、发散的思维状态，特别符合孩子的心理逻辑，种种物象场景突如其来，正好制造出令读者意想不到的戏剧效果。小石头最后变成了热气球，这一颇具跳脱感的飞升，不仅让作品多了一份飘逸与轻盈，有了浪漫的诗性气质，也为孩子留下了可以无限打开的幻想空间。

图画书的文字以重复中有变化的散文配搭带韵律的儿歌。儿歌的插入扩充了图文的表意，在静态的画面与认知之外，多了声音与动感，将更多故事元素带入了作品，这也为幼儿的图画书欣赏增添了新的内容及方式。听读唱诵节奏明快、朗朗上口的歌谣，会让小读者全身心投入情境体验，于音乐性的视听交互中激发阅读情趣。

《好神奇的小石头》针对幼童的欣赏习惯，以简洁的构图与鲜亮的色彩为基调，胖嘟嘟的小老鼠、甜脆可口的大鸭梨、摇摇摆摆的企鹅、贪吃的小刺猬……角色造型朴拙稚趣，活泼可爱。灰色、黄色、粉红色、咖啡色、绿色、橙色、黑色、白色、蓝色、红色等冷暖色穿插，配合故事形成连绵起伏的内外节奏。

拿开以扇形的排列镂空显示小石头的护封，看到的是不一样的封面。一颗影像剪贴出的小石头，类似孩子们日常可见的普通鹅卵石，色泽灰白、质地粗糙，它和 9 颗颜色各异的画出来的小石头，连同点缀其间的白色小云朵，组成了热气球的图案。这个封面能让小读者获得新奇的视觉趣味，还能撬动孩子对书中内容的想象，引发他们强烈的好奇心。前环衬是蓝天白云照耀下海边的一块小石头，后环衬则是变成了热气球的小石头乘着歌声的翅膀飞升，有带歌词的曲谱印在那里。封底出现了一颗紫色的小石头，它没有在封面的 9 颗小石头中，也没有出现在从头至尾的故事情境里，它会变成什么？好神奇的小石头还能怎么变？读者可以响应作者的召唤进入图画书结尾打开的空间，自由驰骋想象力，创造属于自己的故事。

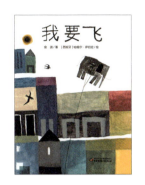

《我要飞》

金　波 / 文

〔西班牙〕哈维尔·萨巴拉 / 图

　　这部图画书是首届图画书"时代奖"的金奖作品，评选委员会称赞作品"文字充满诗意，图画充满表现力，主题思想富有哲理，东方的文学和西方的绘画有趋于完美的融合"。

　　一个行动不便的老爷爷，制作的风筝只能悬挂在墙壁上；在燕子和春风的呼唤和助力下，风筝飞出了屋子，老爷爷拄着拐追了出去；老爷爷的风筝没有线，带动着那些被人放飞的风筝努力挣脱了地面的线，一起在空中自由飘飞；漫天飞舞的风筝迎来了齐飞上天的鸟儿们，最后老爷爷也丢掉双拐，飞向天空，越飞越高，越飞越远，云端之上传来他的呼喊："我——要——飞"；地上的人们仰望天空，他的身影在天上。

　　诗人金波赋予《我要飞》以浓郁的诗情及丰厚的意蕴。老人与风筝、天空和飞翔，都有象征的表意，有对自由对生命的思考，抑或还有对孤独对衰老对死亡的拷问。被囚禁被羁绊的或者只是人的身体，而不是人的精神和灵魂。

　　西班牙著名插画家哈维尔·萨巴拉曾为多部诗集绘图，对文本的诗歌意象及情感蕴含有深刻的体悟，对图文关系亦有精准到位的把握。他选择兼容超现实主义与抽象主义的画风，造型多从具象的环境及景物中抽离，

着重于主观印象和情感的传递。画家有意采用了绘画与剪贴等复合媒材，以媒材和构图的穿插形成作品的推进节奏，同时大量使用几何图形、大胆使用撞色，不仅凸显了视觉冲击力，还传递出先锋艺术的锐度及现代感。

画家在创作谈中提到他为读者预留的解读空间，他认为"读者应该成为完成故事的那个人"，"不同读者，甚至同一个读者，在不同心境和情绪下，都拥有不同的故事"，进而在作品中"收获不同层次的阅读体验"。

绘画中的很多细节耐人寻味。外面日光明照，老爷爷制作风筝的屋子分外幽暗；矗立的高楼，属于老爷爷的那扇窗小而逼仄；老爷爷的风筝是鸟儿的形状，和燕子近似，燕子是黑色，风筝是红色；地上放风筝的人们，还有他们的汽车，都在各种格子及方块的暗影里；老爷爷的风筝到来，地上的风筝放飞，天空、大地、屋宇都变得开阔而明亮；老爷爷飘飞的身姿像风筝也像飞鸟；最后一个跨页描画着夜晚的天空，有风筝形和人形的星座示意图，还有一只白色的燕子……

《辫子》

黑　眯/文·图

　　《辫子》的创作雏形是画家黑眯的毕业设计，作者与编辑团队合作进行了历时一年多的打磨与再创造，最终完成了一部中国图画书的优秀作品，2015年荣膺第25届布拉迪斯拉发国际插画双年奖金苹果奖。

　　《辫子》源自作者的成长记忆，自叙传性质是这部图画书的重要特征，也是其动人魅力之所在。作者以图文记录了一个当代女孩的心路历程，可那些或真或幻的图景里的生活，那些文字带着的情绪和感觉，又不仅仅属于她一个人，女孩子们敏感多思的花样年华与青葱岁月，她们对身心独立的渴望，她们倔强抗拒时的创痛，她们隐秘的宣泄与爆发，她们孤寂和封闭中的自我疗愈，都在作品里。

△《辫子》内页

145

辫子是图画书的中心意象，辫子在女孩头上，辫子被剪下换钱，女孩自制各种辫子，女孩入幻境找寻辫子，辫子因女孩的喜爱、思念、渴望，被强调、被放大、被变形扭曲、被陌生化和异化，在作品图文新异、离奇甚至怪诞的想象中，辫子被赋予了心理和情感的质量，有了隐喻及象征的意蕴。

这些内容的表现，与画家选择的铜版画，选取偏暗的深棕色基调，有方向的一致性。而在造型及构图时，无论繁简，都运用有张力的线条，所有的人与物，或具象或抽象，都传递着一种客观冷静、坚硬峭拔的现代感。

《辫子》的布局结构与图画叙事节奏有超出画者经验的成熟状态。开头的几幅为小图，逐渐扩大为单页图，随后是数个小跨页，扩张至几个大跨页，随后是高潮的三个满页，最后两个跨页又缩小复归至小跨页收束。画面流动般地自如收放、推演递进，跟故事及情感又有严丝合缝的呼应，无论是连贯性还是韵律感，都令人称许。

▽《辫子》内页

　　很多画页令读者印象深刻，如果读者聚焦于女孩就会发现，她在画面中的镜像多有变化。从图画书一开始到她失去辫子后寻找各种替代物，女孩或站或坐或卧，皆是背影和侧影，直至在迷路那一页，女孩的面部特写以半个跨页的篇幅突然出现，紧接着的那幅，画面则转由那群头上长着辫子树的小狗占据，女孩的正面身影逼仄地出现在画幅的边缘。最后两页，女孩经过菜地那幅，远景中的她形只影单的身形看上去小于一兜大白菜；女孩回到家中那幅，她怯生生的背影不到躺卧在床的阿嬷的四分之一。在幻境中怔忡的女孩令人心惊，复归现实的女孩亦让人心疼。

　　女孩回到了熟悉的环境，她的心重新得以安住。纵情释放之后，女孩接受了现实，与阿嬷也与自己达成了和解，这是成长的必由之路。

《夏天》

曹文轩 / 文　〔英〕郁 蓉 / 图

《夏天》作为榜首作品入选"原创图画书2015年度排行榜"，评委会给出的推荐语是：作品主题意蕴深刻，故事饶有儿童情趣，叙事及结构富有节奏感，构图、设计及媒材使用充分体现图画书特质，审美层次丰富，具有视觉冲击力，是年度中国图画书最气势恢宏的作品，有中国气派、世界格局。

大太阳是《夏天》立意及构思、贯穿及凝聚作品的核心意象，故事序幕自江南拉开后立刻就转到了大荒原。在炎炎夏日的炙烤下，身形大小、体能强弱、秉性脾气不同的动物们对一棵树的抢占，便有了生死攸关的紧迫与残酷，可当蛮横霸道的大象成为了胜利者，故事却出现了突转，大家的期许落空，光秃秃的树根本不能提供栖息的荫凉，一对人类父子的经过让故事有了新的支点并最终导向作者的立意与创意、作品的高潮和结尾。《夏天》讲述的儿童感兴趣的拟人故事，就这样在节节攀升、层层递进中逐步显示思想内涵及主题意蕴，同时生成图画书张弛有度的节奏感。

画家的构图布局、页面设计及媒材使用彰显了作品的图画书特质。剪纸与剪贴，铅笔素描与线条勾勒，融入了想象力及情感的色彩变幻，对开大跨页与立体叠加的小翻页，视角与运动方向的不断转换，字体的选择与

▽《夏天》内页

动物们还住大笑，但不一会儿，笑声一下都停止了——它们看到了天地之间一个永恒的情景：
一对父子正穿越荒原，身材高大的父亲，用他巨大的身影笼罩着瘦小的儿子。
他们安静地走着。

所有的动物都默默地看着他们。
他们向前走去。
动物们只能看到那位父亲的背影了。
又过了一会儿。
父子俩消失在了地平线……

各种变形，前后环衬的延展与呼应……画家基于视觉效果对诸多元素和技法的全方位应用，让图画书每一个打开的页面都有基于图文共述、局部和整体交互的丰富艺术空间，让读者在开阔而融会贯通的阅读中发现、领悟及回味。

图画书对细节有精心而巧妙的安排，但都紧扣故事及作品的创意。动物们依次出场是经常采用的情节模式，而《夏天》不仅要次第出现，还要先后多次按序组队出场。创作者通过画面也通过设计，让它们的"前呼后拥"既贯穿始终又一直有变化，争先恐后地向树奔跑，掩映在各自和彼此的影子中，映照在大太阳中，遮蔽在云影里。小老鼠还有更小的甲壳虫，在大象身上的行动及位置都讲述了更多的故事细节。一直如阴影般存在的秃鹫，也有特别的意义表示。

《夏天》总体艺术水平上乘，图画书的创意设计及完成性方面非常突出，是中国原创图画书走向世界的代表作品之一。

《跑跑镇》

亚　东 / 文　麦克小奎 / 图

　　《跑跑镇》受到小读者的一致喜爱，是诸多因素共同产生的效果。首先是有幻想及创意，一个叫作跑跑镇的地方，那里的"居民"喜欢跑，他们在拐向街角的奔跑中冲撞，撞击后合体变成新的物种。其次，图画书的各个角色造型，有漫画化的提纲挈领，更有儿童简笔画的稚拙，天然贴近孩子的趣味。还有就是故事的结构及打开节奏配合了图画书的翻页，能满足小读者的好奇心和求知欲。

　　供幼儿阅读的图画书通常兼有概念的认知与情感的趣味，《跑跑镇》对于孩子并不局限于物象的体认，更侧重于想象力及创造力的激发。浩瀚宇宙、世界的万事万物包括形而上的思想文化，从宏观意义上都是冲撞而后结合的产物，但进入创作者视野的跑跑镇的"跑手"，是具象的，是符合儿童的理解和想象的，是好玩的，因巧妙、奇妙、美妙而有趣。

　　作品有认知元素的嵌入，相关的功能性与视觉艺术效果相辅相成。比如跑跑镇的奔跑相撞都以不同颜色做背景，连贯中有变化，正好配合着故事情节的展开和递进，强化了图画书的节奏感。动物、食物、事物，幻想人物与现实人物，有序穿插，最后一组爸爸妈妈相撞，撞出的不是小宝，而是骑三人车的一家，故事推向了高潮，也切近了小读者的生活。好的图画书开头一定不能猜出结尾，结尾还得让人拍案叫绝。

《跑跑镇》的图文在"跑"和"撞"上分工合作，图画着重于碰和撞的预备，展现跑跑镇里长着小腿儿的物件相向而跑的情态，文字除了以"哒哒哒"渲染跑者的欢快情绪，更是以"咣"的音效强调撞击的猛烈及先声夺人，图画难以显示的新事物诞生的瞬间，靠一个"咣"

△《跑跑镇》内页

字，在拟人及幻想的背景下，自然又取巧地完成合体新事物的闪亮登场，牵引着儿童读者的想象及注意力，合情合理，也水到渠成。

这本书的装帧设计注意了与创意的整合及生成，扉页上许多即将要奔跑的居民们集体出场，像是在找寻能够对撞的合适伙伴；封面上的小猫和小鹰相撞，有"咣"的一声巨响，不知何故，它们没有撞出"猫头鹰"，于是封底中出现了两只小动物流着泪反向而行、不约而同回看对方的景象，还特别标记了"bye"的字样。这个戏剧性结尾给了读者一个新故事开启的信号，也逗引他们回看封面，琢磨其中的奥秘及各种可能性。

《小雨后》

周雅雯／文·图

　　《小雨后》这部图画书凭借年轻作者独有的青涩与稚嫩、单纯与清新，在众多中国水墨画风的作品中脱颖而出。富有才情的作者，实现了图文一体的创作，作品取写意笔法，以留白烘托，看似漫不经心的涂抹点染，实则包含颇有章法的布局与立意。

　　整部作品的文字是歌谣体的韵文，浅白如话，意趣天然：小雨下，沙沙沙……雨停了，沙沙沙……撑小船，划呀划，阿毛帮我采荷花。摘荷叶，剥莲子，兜起统统带回家。远处游来几只鸭，嘎嘎嘎，嘎嘎嘎，我教阿毛数鸭子，三四五，六七八……

　　用心观赏次第展开的画面，会发现作品错落有致地铺陈着一幕幕场景与情景，化入并描摹出一个个诗境与意境：茅屋草舍，细雨斜风，柳疏烟淡，树随风摆，花开荷塘；一个红衣绿裤的小姑娘，领着一只叫阿毛的小狗，划桨撑船，采莲子数鸭子，牵牛儿喂鱼儿，舞柳条捉蜻蜓，树下捡桑椹，树上摘樱桃，能文能武的她还折树枝当宝剑、盘马弯弓斗蛤蟆……

　　伴随小姑娘撒着欢儿的东游西逛，伴随她一任天真的举手投足、回眸顾盼，乡村淳朴的生活气息、稚拙可爱的儿童情趣，流动开来，散发开去，不知不觉中让大小读者入眼入心、动心动情。孩子们看见乡间，看见游戏，

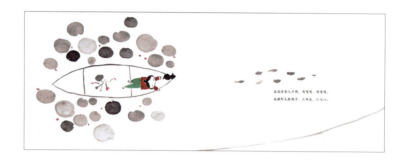

△《小雨后》内页

看见不一样的同龄伙伴、不一样的欢乐，大人们看见田园，看见自在的童年，看见过去的年代和岁月，看见想象中的故乡，看见自己埋藏于内心的情感、梦想与渴望，看见能够自由放飞的心灵与心绪。哪怕只有短暂的三五天，哪怕就在打开这本书的一刻，只要我们愿意我们选择，也同样可以远离尘嚣远离灯红酒绿的城市，随心行走乡野，随口吟唱童谣，像那孩子一样嬉戏打闹、纵情欢笑、尽享自然的美好、生命的欢欣。

由此我们可以揣摩年轻作者在作品里要刻画与表达的重心——包括书名中可能包含的象征意义：沙沙小雨后，洗出的不仅是乡间明丽的风景，更是人们明净的心境。深究之下，作者秉持并打动我们成人读者的，应该是其留恋童年、亲近自然、回归乡土的人生理想，是其传递的"人间有味是清欢"的风致与情韵，以及蕴含其中的优美而明慧的生活。

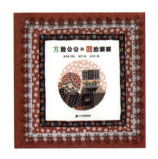

《方脸公公和圆脸婆婆》

武玉桂 / 原文
皋　子 / 编　王天天 / 图

这是一部文化底蕴丰厚、乡土气息浓郁的中国原创图画书。

武玉桂的原作是民间故事风格的作品，有形象生动的人物，有日常生活的场景，结合着生活哲理与幽默情趣；而方和圆作为基础的形状，与许多物体及物象紧密相关，作为图画书的选材在综合的教育性与吸引读者的趣味性都具有优势。

图画书《方脸公公和圆脸婆婆》首先对文字的叙述进行了精当的处理，紧扣"方"与"圆"安排叙述主线，聚焦公公和婆婆的方圆之争与分分合合，简洁明了地完成故事讲述，结合特殊媒材应用需要，预留出充足的视觉图像区间。

绘者王天天为《方脸公公和圆脸婆婆》特别选择了拼布及布艺手作辅以绘画的创意方式。她优先挑选带方圆要素的布头裁剪拼接成需要的图像轮廓，佐以针线缝制及刺绣，同时巧用纽扣及织锦花边，令图画书效果新异，带有中国传统手工艺别具一格的风采。作品以拼布为主，只在必要时以绘画点染补充，线条及构图当然会有限制，好在朴拙的风格及触感既呼应民间的本色又照应儿童的本真，自有一种融合的趣味。细细品味各个画面，米白布纹的底色与各种材质的布料形成了色彩及质感的鲜明反差，不仅各种事物及物件具有辨识度，人物角色的动作姿态、眉目表情都能有所刻画及体现，比如老爷爷竖起的眉毛、跷着的腿，还有老奶奶委屈时下撇的嘴角、紧紧抱住自己喜欢物品的身形，都醒目而生动，细致而传神。

创作者对各种布料的选择下了一番深切的功夫，除了颜色更有图案的对应性考虑。比如方脸公公和圆脸婆婆的人物造型，分别使用的是冷色调的方形花纹布料和暖色调的圆形花纹布料，而表现各种的方与圆，布料图案会有些表意微妙的变化，闹钟的表盘或螺旋形或方格，数字则有圆有方，多了不同材质的物料，更多了菱形还有花朵的图形。

△《方脸公公和圆脸婆婆》内页

《方脸公公和圆脸婆婆》有整体的装帧设计。封面以红色布纹加红色钩花边框装饰，方框叠加圆形中是方脸公公和圆脸婆婆的形象，书名中"方"和"圆"用颜色和字号突出，并使用相对较方和相对较圆的字体；环衬则使用颜色鲜艳的图形，契合作品的主题；布料外，各种纽扣、挂钩、皮革商标等物料的使用，除了使造型更有立体感，也为儿童读者提供了可供发现和鉴赏的细节。

《夏夜音乐会》
含 含 / 文·图

　　《夏夜音乐会》的创作灵感与动机来自作者对自己童年生活的怀想和记忆，以平和而宁静、自然而美好为基调。虽连接着过去的时代，却是中国百姓日常生活最真切、最朴素的写照，情致丰沛，温煦动人。

　　作品的故事线索很单纯，因为停电，在小米爸爸的提议下，小米和妈妈，还有院子里的邻居们，自导自演组织了一场夏夜音乐会，在载歌载舞、欢声笑语中度过了愉快的一夜。

　　这部图画书的图画叙事非常充分。作为主线的小米一家，读者可以看到爸爸骑着单车、前排坐着孩子后排坐着妈妈的回家场景，爸爸淘米妈妈择菜、孩子来帮忙的做饭场景；看到停电后一家人下楼，孩子前面打着手电筒、爸爸一直牵着妈妈的手；看到爸爸拉着二胡，妈妈弹着手风琴，孩子轻快地滑出舞步。通过前后有不同的分格的小图，院子里各家同时拉出了多条复线，照顾孩子的父母、独自用餐的老人、练钢琴的父子等，在随后的夏夜音乐会，这些人物将一一出场亮相。大图展现的各个场面中，也都有很多动态的细节，比如大家下班回家的那幅，虽然还是夏夜音乐会的前奏，读者依然可以发现不同情况或不同关系的人有不同的举动，猫猫狗狗也都在院子的不同位置活动着。

　　创作者将写实及白描手法同样用于背景及环境的精细刻画，特定时代的居民楼包括家居陈设及物品，各家墙上的相框、挂钟和日历，冰箱上的花瓶，楼道隐约可见过年贴的春联及福字。画家采用的水彩湿画法在自然风景及氛围的渲染上特别具有优势，黄昏直至暮色笼罩的光影变化，皓月及星光闪烁的夜空，远处的山野及偶尔行驶经过的火车与汽车，近处树木掩映中的高矮楼房，亮灯或熄灯后一扇扇打开的窗户，出入大院的铁门，还有供自行车停靠的简易车棚……读者仔细品读，便能领略到 20 世纪 90 年代南方小城镇特有的生活情味。

　　《夏夜音乐会》封面是选取核心场景的专门绘制，与内文高潮部分相照应，封底的小图取景方向一致，聚焦景深不同，镜像也有差异，是音乐会结束、夏夜复归静谧的取义。环衬中多组人物，都来自图画书的局部，小读者若有兴趣，可以按图索骥，一一对应，或者亦是能够乐在其中的阅读趣味。

△ 《夏夜音乐会》内页

《和我玩吧》

弯 弯 / 文·图

在反映儿童现实生活的图画书中，这部作品平实中出彩，令人印象深刻。

作品描绘小女孩思思和哥哥相互陪伴的快乐一天，思思帮着哥哥好不容易找回了哨子、皮球、弹弓，两人一起爬上树看花鼓戏，因梯子断裂滚下了斜坡，掉进了小溪……两个孩子的日常经过作者的精心构思，有了故事，有了跌宕起伏的情节。据说创作的触发及素材来自于画家自己的亲身经历，图画书的背景与场景确有某种时代感及怀旧感，但小兄妹的守望相助、童年的岁月静好是永恒的题材与主题，能穿透时光及岁月，具有感动当下的力量。

《和我玩吧》是图文一体的创作，文字简练，多由角色的对话构成，以少量的叙述推动及连接叙事，故事内容主要由图画表达。像哥哥手脚麻利地爬上水池中高耸的假山、架梯子冒险攀上王婆婆家的阳台，妹妹和哥哥一起爬到围墙上玩弹弓、坐在树上一边吃包子一边看戏，都是在画面的场景中。创作者综合运用视点视角变化、景深及透视关系、分栏及局部特写等进行图画表意，比如两个孩子在戏台后院遇见可怕大狗拦路的那几个跨页，或聚焦人物表情或突出动物形体，有放大与缩小的运镜及对照，构图方式的转换带来了图画叙事的变奏，强化了紧张的气氛和情绪，为图画书渐进高潮做了铺垫和准备。有的页面没有文字，有的页面会将拟声词或口头语等简短文字变体变形跟图画组接，产生相应的艺术效果。

图画细节在作品的叙事中发挥了精妙的作用，这些细节有时是人物瞬间的表情和动作，有时是景物或景观的一个角度，有时是一个不起眼的小动物和小物件。假山水池里的那只丹顶鹤可不是雕塑，前后画幅中它的位置和姿态有变化；一只黑猫始终跟着兄妹俩，大部分场景中都能看到它的身影；还有哥哥的那个皮球，不能落下，也不方便总是带着，所以时有时无的；至于那只意外抓到的青蛙，应该是放回了河里，回家的路上，哥哥背着妹妹手足相握，小袋子都挂在了黑猫的脖子上，他们也腾不出手抓着青蛙那个活物。琢磨这些细节会带给读者乐趣。

《和我玩吧》以丙烯颜料作画，色泽鲜明而具有柔和透明的光感，让画家略显粗犷粗粝的画风，多了素朴而天然的质地、醇厚而本真的质感。这种质地和质感，体现在环境和景物上，体现在人物之上，也融合地体现于图画书从封面到封底、从环衬到扉页、从开头到结尾的种种整体和局部，细细品味便能有所感受。

△《和我玩吧》内页

《小年兽》

熊　亮／文·图

　　春节是中国最重要的传统节日，与过年题材相关的原创图画书很多，熊亮著绘的《小年兽》是其中让人耳目一新的作品。年兽的传说故事有了切近现实、贴近孩子的全新讲述，温暖而热闹，亲切而动人。

　　作者有意淡化传说中原有的年兽凶恶残暴的形象特点，将"年"的来历和行为与孤独寂寞的情感联系起来，生成故事情节，表达作品主旨。围绕年兽和人们不一样的相处方式，通过"年"的不同"过"法，还有"年"前后大相径庭的改变，作品以比拟和象征的手法，点明了当代社会生活中人际交往"联结情感、沟通心灵"的意义和价值。

◁
《小年兽》内页

162

△《小年兽》内页

图画书中的年兽取小怪兽的萌宠造型，尖尖的耳朵、四只眼、尖利的牙齿、锋利的爪子，这些貌似可怕的特征搭配上圆滚滚的身体、呆萌又促狭的表情，小怪兽有了爱恶作剧、喜欢捉弄人的儿童态。到作品最后，年兽不好意思地"红了脸"，颜色从清冷的蓝色变为热烈的红色，怨怼悲情的"旧年"转为温煦可人的"新年"，一派欢乐美好、如意吉祥的喜庆氛围，中国年辞旧迎新、祈愿新岁新气象的年俗包孕其中。

中国元素、传统文化的形象传递与表达是图画书《小年兽》的另一突出特点。穿新衣、放鞭炮、贴年画、挂灯笼等节日民俗在作品中有结合故事的视觉化呈现，中国红的使用、水墨的渲染等标记出鲜明的民族风印记。

图画色彩在这部作品中有圆融而高妙的应用，不仅用以烘托气氛，还承担叙事表意的功能，比如以冷色调指涉孤独寂寞，以暖色调宣扬幸福欢乐。画者以色彩涂抹自如地造象及造景，随性而自在，俏皮而灵动，时而冲撞时而互补的色彩，在不经意中流转。其中有一幅跨页，一边是热闹中相伴的人，一边是孤单自处的人，立于之间的"年"微微侧身，红黄与蓝黑的对照因为纷飞雪花还有积雪的白而中和，还多了情致的浪漫；被用作封面的那幅图，暗色的"年"退避一角，它头顶的夜空被璀璨的烟花照亮，一盏红灯笼悬挂于房檐，将孩子还有人们居住的房舍笼罩在红黄的暖光中。

《小年兽》封面选择了红彤彤的基调，在所有中国人的心中，那火一样的红，是年的本色。

《百鸟羽衣》

蔡 皋 / 文·图

　　这部图画书代表及反映蔡皋作品的艺术特色，是画家民族色彩浓郁的众多作品中最受儿童读者欢迎的一部。

　　《百鸟羽衣》取材于民间故事，本分勤劳的青年阿壮娶了来自画中的美丽女子阿彩，阿彩心地善良、心灵手巧兼有仙术，他们与蛮横贪心的皇帝斗智斗勇，几次较量大获全胜，从此过上太平美满的生活。从文学角度衡量，这个故事人物性格鲜明，结构清晰，情节丰满，有非常多适合绘画质素表现的形象、物象及意象。画家蔡皋以圆熟的图画书艺术让原本有些类型化的民间故事焕发出神奇瑰丽的异彩。

　　蔡皋的画风自成一格，其擅长的视角变化、变形而别致的造像方式，与幻想及奇异的氛围极为贴合，其调和水彩、水粉及油画的绘画技法，赋予这部作品朴拙而传神的造型、斑斓而端丽的色彩，配合宏大场面及近景特写的变换，兼具了叙事效力及视觉美感。作品的布局与构图十分讲究，让画面中人、物、景丝毫没有板滞感，厚重的用色、色的对比及反差，反而让图画表意的内涵更趋丰富，更有贴合民间文学的丰盈和丰厚。

　　苗族乡土苗族文化的印记在图画书的各个层面都有显现，在人物及情节中，在环境和景物中，在趣味及韵味里。阿壮和阿彩及一众乡邻的服饰，

户外的山川植被、村庄屋宇的形貌，室内家居的陈设及什物，人们农耕之外打猎、赛马、划船、编织的生活及技能，包括百鸟羽衣都有特定地域及民族文化的投射。

《百鸟羽衣》有图文一体的设计，文字与图画按区间切分错落有致，大小图配合留白又让画面在疏密有致中流转；图文的分工及合作、相互的补充与生发较为充分。各色鸟儿纷飞天际、鸟羽漫天飞舞，阿彩飞针走线缝制百鸟羽衣，皇帝被阿彩吹向空中身形渐远，还有最后主人公儿女双全生活美满，都是图文交融增效最为突出的核心画面。

这部图画书的构思有对儿童接受的充分考量，比如对男女爱情做简单的描述，比如跑马划船的竞赛中，霸道无理的皇帝更像只不堪一击的纸老虎，呆傻无用、节节败退直到消失，还有主人公幸福到永远的大团圆结局，都特别符合孩子的心理预期，至于折纸鸟纸马吹仙气令其变幻成真的法术，最能让儿童读者为之着迷，兴趣盎然，常读常新。

《我是老虎我怕谁》

王祖民　王　莺/文·图

　　这是一部中国绘画气韵及特质鲜明，兼具艺术性与儿童性的原创图画书。作品借助孩子们喜闻乐见的拟人形象，讲述了一个好玩的、有游戏场景感的故事，小读者能够从中习得对他们成长具有意义的相处之道，建立平等、互助、友好的同伴关系。

　　画家圆熟运用中国传统水墨技法造型角色，老虎、狮子、熊、鳄鱼、狐狸、兔子和老鼠，情态体态十分鲜活，恰到好处的变形，让动物们举手投足的动作，都有幼儿似的天真，拟人角色被赋予了儿童性，成了孩子的化身与变身，带上了软萌讨喜、朴拙可爱的情味。

　　故事以老虎第一人称讲述，图画表达的内容更为详尽，比如老虎捉弄其他动物，双方的面部表情都很夸张，老虎的眼神中都透着威风和得意，而占着下风的小伙伴或恼怒、或惊恐、或委屈、或眼泪滂沱。大家到底还是玩伴的关系，老虎过生日，准备好蛋糕和饮料虚席以待，文字只一句"可是，他们都不来……"，图画中可以见到狮子的犹豫、兔子的气恼、狐狸的狡黠、大熊的不屑一顾、小鼠的战栗、大象的无动于衷，对了，完全不见鳄鱼的踪影。

　　图画书构图注意了视角的变换，刻意使用的大面积留白，让画面更有扩张感及动感，佐以时空流转的画面组接，故事的叙述节奏简洁明快。

△《我是老虎我怕谁》内页

用心看图画，会发现前几个画面有两个特殊的细节，一个是老虎和各个动物捉对儿打闹时，老虎下一个要欺负的对象在翻页前就已经出现在背景中；而一枚"王"字的印章会出现在某个角落，是画家王祖民和王莺的姓氏，还双关着谁都不怕的老虎"大王"，到老虎为荆棘尖刺所伤，丢掉虎威求助，那印章也消失不见。当然，印章代表中国传统的篆刻艺术，与中国水墨画有两位一体的关联，其中的文化寓意也不言而喻。

《我是老虎我怕谁》有一个中心对页，以黑色为主色调，众目睽睽下的老虎半夜自顾自地引吭高歌，图画书情节此后出现变奏，或者是要与这突兀的黑色形成关联，图画书的前后环衬，白底上以浓淡相宜的墨色画出各个动物角色的足印。

这部获选原创图画书 2016 年度排行榜的作品，确为中国风图画书的一个优秀范例。

《走出森林的小红帽》

韩 煦/文·图

　　民间童话经典的重述和改写一直是图画书创作重要的题材选项，其中
"小红帽"的故事最受青睐，世界各国各个时期的相关作品接近百种。《走
出森林的小红帽》可以视为中国的代表。

　　这部作品对"小红帽"的演绎没有跟进性别文化或其他后现代喻义的
诠释，将图画书的读者对象确定为低龄儿童，讲述了一个温暖有爱的故事。
小红帽的人设变成了双目失明的盲童，这个眼盲心明的小红帽成功令大灰
狼弃恶从善，让她自己走过森林的路有惊无险。创作者对传统的小红帽有
彻底的颠覆，但新的故事合情合理，尤其符合幼小孩子心理逻辑和期待。
小红帽能够感化大灰狼，是因为她天真单纯，她有善心也有信心，她求助
于人也提供帮助，作者借此建构作品，也通过作品把对同情心同理心、对
向善之心的信念，传递给读者。

　　《走出森林的小红帽》有基本的故事范式，一个个动物登场，铺陈并
推动故事，同时依托图文分述展开。文字主要是角色间的对话，图画中除
了相应的情景和情境，色彩有突出的意义。小红帽的红与大灰狼的黑是他
们各自的本色，可作品开始的几幅跨页几近全黑，包括小红帽及率先登场
的兔子在内，颜色在这之后才逐步添加，并渐趋丰富、饱和及明亮，对应

《走出森林的小红帽》内页

大灰狼饿坏了：摘果子可真累……

故事内容，也营造出图画书叙事及情绪双重的节奏感。到故事的最后，大灰狼脖子系着的红色衣角、小红帽眼睛上的黑色墨镜以特写方式放大呈现，读者会对色彩在这部图画书中连贯、呼应、提点、象征等多重意义有进一步的领悟。

传统绘画之外，创作者在这部图画书中还应用了剪贴、拓片等媒材和技法，让角色的造型更鲜活更有辨识度；构图和布局注意以变化生成动态，很多场景都通过夸大小红帽与动物景物的比例，强化小红帽的弱小及处境的危险，从视觉上制造压迫感，营造紧张气氛。

创作者构思的用心还可从图画书封面封底上看到，封面上应该是走进森林的小红帽，拿着小棍子探路的她当然不会察觉身后有不怀好意的大灰狼在尾随，而在封底，即将重返森林的大灰狼已经丢弃小红帽给它包扎伤处的红色衣带，它本性难改的故态复萌似乎在所难免。这个尾声预示新的故事开始，或也包含对前文的反向的回溯，替小红帽后怕，替脱离险境的她感到莫名的侥幸。

《小青虫的梦》

冰 波／文　周 翔／图

　　这是一本在文学性和艺术性交融方面有代表性的图画书。作品兼有诗意空灵的文字及清新淡雅的绘画，讲述了一只小青虫的故事，讲述了一个与蟋蟀的音乐还有蝴蝶的舞蹈有关的童话故事。

　　作家对小青虫梦想成真的成长故事有别样的幻想书写。小青虫喜爱音乐，蟋蟀奏出的音乐如同仙乐，能让小青虫做梦，梦中的它会生出飞翔的翅膀。可蟋蟀自负于自己的伟大和优美，鄙夷、嫌弃小青虫弱小与丑陋。为了能够继续聆听乐声不被驱逐，小青虫只能作茧自缚。执着于音乐滋养的小青虫最后破茧成蝶，有了一双印着月亮和星星图案的美丽翅膀，有了自己都不敢相信的蝶变，这一次轮到蟋蟀在月下看得如痴如醉。蟋蟀不会知道那仙女般起舞的蝴蝶就是小青虫变化而成，当然也不知道是音乐的美成就了小青虫，给了它蜕变的魔力。昆虫们则疑惑于另一个无解的问题，到底是蟋蟀的音乐让蝴蝶的起舞更美，还是蝴蝶的翩飞让蟋蟀的音乐更为动听。

　　主人公小青虫更能让儿童读者有共鸣。弱小而惹人怜爱，坚定又让人佩服，当然还有足够的幸运，能够梦想成真。蟋蟀的形象或有些复杂的意味，它是否值得小青虫尊敬和崇拜，它对于小青虫的意义何在，则是需要理解和思考的。

如果说故事的内涵与韵味给了读者感受琢磨的丰富层次，对画家而言则是挑战。为配合故事及作家冰波的文字风格，周翔给予了这部图画书独有的绘画呈现，既不同于他人，亦有别于自己。构图及造型采用写实又写意的画风，夏夜的清凉，月色的温柔，梦幻的缥缈及朦胧，都在虚实相生中烘托及点染，整体氛围格外恬淡柔美、安宁静谧。应和着文字的诗性，呼应着图画书的结构和节奏，画家用一幅幅的图画成功赋予了整部图画书以音乐性，伴随图画书一页页翻开，画面流淌一般映入我们的眼帘，好像钢琴弹奏的小夜曲，轻盈送出连串动听的音符。

依托小青虫的意象，画家选择蓝色、绿色、白色作为基色，每一种颜色还会以色差及亮度精微区分。作品中，月亮及月光的白色，云朵和花朵的白色，蝴蝶翅翼中间及边缘的白色，或洁白如雪，或纯白通透，在光与色的交汇中是如此不同，多幅跨页大图中的花蝶纷飞，色彩并不绚烂，却美得动人。

△《小青虫的梦》内页

《红鞋子》

汤素兰 / 文　王　可 / 图

　　《红鞋子》的图画书改编自作家汤素兰的童话。汤素兰的幼儿童话擅长塑造拟人形象，幻想别致新巧，语言风格活泼轻灵，故事线索及结构明晰，一波三折很有节奏感，与重视创意及故事间架的图画书十分贴合，具备再创作的良好基础和条件。但图画书作品的成功，还需要合作画家用图画语言讲述故事，有创造性地发挥，在图文之间形成互动及增效的紧密关系。

　　一只鞋子与一只老鼠相遇并成为朋友，小老鼠陪伴鞋子寻找另一只鞋子，小读者能够从中看到友爱和帮助，但细读作品就会发现，作品的关窍不止如此亦不在此处。孤独与陪伴是更重要及核心的主题。

　　让落单的红鞋子不习惯、伤心难过的是孤独，小老鼠一开始不能懂得，因为鞋子总是成双成对，老鼠经常独来独往。红鞋子对孤独的描述是"心里空空"，老鼠无法想象，只能理解为"肚子空空"的"饿"，在知道红鞋子的食物不是饼干而是"美容食品"鞋油后，放心地让红鞋子跟着自己回了家。很显然，这些推动故事展开想象的"错位"，还有生成趣味的譬喻及双关，必须也只能靠文字呈现，所以在图画书《红鞋子》的相关区间，角色的对话详尽而完整，图画主要展示环境及场景。

　　红鞋子在小老鼠家安顿下来后依然感到孤单，直到小老鼠应邀入住才心里踏实。当两个主人公进入梦乡，文字叙述将梦境描述的接力棒交给了图画，于是读者看见了三幅描画小老鼠美梦的小图，总是感觉"肚子空空"的它捡到了一颗糖果、喝着一瓶酸奶、拿着一长串火腿肠，再看小老鼠的神情、身姿还有步态，那份开心得意、满足陶醉，故事情境还有角色的心理情感都在不言中。

　　图文分工合作在图画书《红鞋子》的许多场景中都有体现，比如以图画描述小老鼠想象红眼黑猫的害怕，以文字"嗒嗒嗒嗒"的拟声传递小鞋子的行进步伐，以图画符号和文字修辞描绘大黑猫撞上红鞋子后眼冒金星

▷《红鞋子》内页

的狼狈，或以文字变体配合构图重点刻画的两只红鞋子的重聚，等等，种种细节都值得鉴赏及体会。

两只红鞋子分与合完成讲述后的图文，在这部作品中，不能单纯理解为尾声或余韵，躲进垃圾桶的小老鼠被运到了城外，当它独自走在回森林边的家的路上，小老鼠的心里有了一点儿空空的感觉，感觉到这心里的空空与肚子空空的不同，有了期望另一只小老鼠在树皮小屋相伴的愿望。这一切来自与红鞋子的相遇，来自小老鼠与红鞋子曾经的相伴，小老鼠对红鞋子的扶助有了另一种应答。月光下的小老鼠张开了怀抱，准备迎接即将开始的新生活，无论是情感还是情致，这个结尾都是有力的。

《了不起的罗恩》

午 夏 / 文　马小得 / 图

　　这部图画书是"宝贝，我懂你"系列最具代表性的文本，创作者将懂孩子作为先进儿童观的基础及教育的先决条件，可要想真正懂得孩子，就要从孩子的现实、从孩子的立场出发，理解他们的行为举止，更理解这后面他们的所思所想、情感愿望。

　　作品成功不仅在于立体塑造主人公罗恩的形象，比如从方方面面刻画了罗恩的善良天真、聪明好学、诚实守信、努力坚持，同时也对罗恩面临的困难、做过的错事、罗恩心中的不自信和困惑给予真切描画，这部作品最值得称道的成功在于立意，在于其从书名到内容，一直在以"了不起"定位一个普通的孩子，作者努力让读者看到，罗恩身边的所有人如何从看似不起眼的小事发现他的优秀和出色，如何异口同声地称赞罗恩、肯定罗恩，作品因此具有了主题内涵的意义并拥有了动人的情感力量。

　　依托图画书图文共述及打开结构，《了不起的罗恩》创意设计了分别从封面和封底开启的双线叙事，一条线索是罗恩的自叙，一条是周围人对罗恩的他叙和旁叙，两条线的叙事相互勾连及照应，于书的中心跨页交汇。

　　装帧设计相应采用一正一反的装订，读者拿到书，从左到右前后看到一半，要倒置图书，从前到后再看另一半，这对喜好新异的儿童读者会有很大的吸引力，因为页面之间还有内容的相互关联，他们通常要有翻来覆去的、颠来倒去的阅读过程，确实是一种别开生面及别有洞天的体验。

而相关的创意设计在图画书图文互动等诸多环节都有反映和体现，罗恩自叙的文字更像是人物的内心独白，他叙部分由不同人物旁白，人物身份的文字标注采用了罗恩的视角。《了不起的罗恩》可以看成双封面，或者出版信息的标注让两者还是有"面"和"底"的区分，各自连着表意不同的环衬。关键是那上面的两个罗恩的表情差异明显，一个闷闷不乐、一个喜笑颜开，对照着中心页的两个罗恩也是一喜一嗔，两个环衬，一个取义罗恩在大自然中放飞身心，一个取义罗恩在幻想的天地信马由缰，连接着扉页及内容，应该有不可置换的特定性。只是小读者会选择先翻开哪个封面，阅读的感受有没有不同，或者值得想象和关注。

△《了不起的罗恩》内页

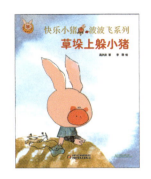

《草垛上躲小猪》

高洪波 / 文　李　蓉 / 图

　　作为"快乐小猪波波飞系列"的一本，这部图画书既体现了整套作品的特色，在精细及微妙处又有新的元素注入，有针对故事内容的整合与拓展。

　　以精力旺盛、活泼开朗为性格特点的主人公波波飞少有的感到伤心和委屈，因为弟弟妹妹到来，更因为它觉得自己受到了忽视和冷落，它独自离家到了草垛上。波波飞是在用行动发出一份呼唤爱的信息，里面有试探有争取，有担心有期盼，有倾诉有表达，它需要爱的证明与承诺，需要确认自己依然拥有不变的爱。波波飞的呼唤有了应答，爸爸和奶奶的寻找，妈妈在家的守候，一直敞开的家门，热气腾腾的饭菜，平和亲切交谈的话语，都是对它的回答。

　　作者高洪波天然懂得孩子心，他没有让小猪被找到被领回，而是让波波飞停留于草垛上，看天看地看星空，和白云和小麻雀对话，在松软的草堆里酣睡，应和着人物角色的情绪变化，故事有了一波三折的过程，而当主人公自己有所感悟及醒悟，跑向回家的路，作品也由高潮而收束，自然传递出了面向小读者的抚慰和指引。

　　画家李蓉在风格定位上并未简单靠向某种漫画或动画，更多着力于把握作家故事创作中的时尚感及轻松感，同样以放松的线条简明勾勒造型及

一只小麻雀飞到草堆上，叽叽喳喳地说："全家都在找你呢，快回家去吧！"
"就不，就不，我就不！反正有了弟弟和妹妹，我妻成了多余的小猪，谁也都没人听！"波波飞飞叶叶地告诉小麻雀。

后来，又来了爸爸和妈妈，他们一边走一边喊："小猪波波飞，你究到哪儿去啦？快跟我们回家吧！"

波波飞想起了爸爸和妈妈，想起了妈妈和弟弟妹妹，他一骨碌翻起来，滑下草堆，向家的方向跑去。

构图，以适度的变形及夸张，力求把角色和场景画得鲜活，景物及背景多以中国传统水墨点染涂抹，但不做具象的规定或限制，包括相对轻浅而淡雅的着色，都方向一致地营造出活泼明快、轻灵飞扬的更具现代性的格调及氛围。同时因为作品的内容指向，画家多以画面展现大自然的开阔景象及意境，不仅让小猪波波飞有俯仰坐卧、摸爬滚打姿态的随性自由，更有放飞心绪的自在天地。

整部图画书藏着许多供读者发现的故事内容和细节：小猪波波飞离家没有忘记带上它的小挎包和玩具飞机，草垛上有叽叽喳喳的麻雀，还有一条表情生动的小虫，回家的波波飞浑身上下挂着稻草棍儿，这让爸爸、妈妈、奶奶知道了它的去处和藏身地，用"草垛上睡过头"轻巧地带过了小猪负气出走的行动。环衬上已经开始讲故事，波波飞路过的另一个小草垛下藏着一窝大鸡蛋，图画书的故事还讲到了封底，波波飞一左一右怀抱小小猪，其中一个头上有个小蝴蝶结。

真是一部有爱又有趣、贴心又暖心，属于小小孩的图画书。

《敲门小熊》

梅子涵 / 文　田　宇 / 图

这部图画书因探索性及实验性具有特别的价值及意义。

作品有一个小熊敲门的故事内核，敲门是小熊的爱好，选择的目标是漂亮的房子，而这个房子的主人不确定，可以是狗、猫、鸡、小鸟或者人。敲开门它不做什么，这很特别，因为这个特别，那些房子里的人也成为小熊的敲门伙伴。

从这个故事内核脱化宕开应该才是创作者的重点。画家的手出现在故事开头的画面中，握笔正画着一帧快要完成的小熊形象，旁边看得见草图，还有几杆铅笔和一块橡皮；故事讲述者是作家，他的讲述看上去有些犹豫，人物及中心思想都不太确定，两个评论家随后进入了故事，发表对漂亮房子的高深见解，可惜小熊一点儿也不明白，它直接向作家发问。小熊的故事一直被干扰甚至解构，也许这故事本来就只作为支点用以进行嫁接，支撑节外生枝的枝蔓。合并的整体才是创作者要讲的另类的故事。

这与后现代元小说的"侵入式叙述""碎片拼贴""戏仿"等手法相似，结合图画书的图文分述，《敲门小熊》将表意空间多层次立体打开，让貌似简单活泼的人物和场景，有高深处的智慧、微妙处的趣味。

对于儿童读者而言，动物们依次出现、阶梯进展的传统故事为他们所

△《敲门小熊》内页

熟悉，线索被截断、范式被打破，阅读自然要面对挑战，但同时也是全新的体验。当儿童读者投注以想象，自主理解和加以补缀，逐步参与到故事建构中，创作者及文本就实现了对读者的激活和调动。

画家田宇对作家文本有精准的把握及能动的表现。人物和景物以卡通风格配伍作品的戏谑感，造型简约、表意丰富，房子的朝向及透视可见的房间陈设对应着特定的房主，一幅壁挂的画幅都有某些玄机和玄妙。小熊敲门的队列里有众多让读者辨识的人物，有大家从书中或影像中熟知的国王、小红帽、哪吒和葫芦娃，还有出镜的作家和画家本尊。不同层级叙事及繁复结构在相关几个跨页都有视觉化呈现，喧闹后有转折，高潮后有进深，最后一个跨页尤有画龙点睛之妙，作品创意构思的精髓尽在其中。

封底引自内页，但与封面形成呼应，颇有些余音袅袅的余味。前后环衬上排列着 80 个形状各异的漂亮房子，一个个门扉仿佛在静候小熊前来敲门。

《我是花木兰》

秦文君 / 文　〔英〕郁　蓉 / 图

　　这部图画书是第二届图画书"时代奖"金奖作品。它以双线叙事结构，全新演绎古代木兰从军的故事，创意独特，对文化传统有现代意义的传承与表达。

　　《木兰辞》是作品叙述木兰故事的基础，作者秦文君特别构思了一个"我"的角色，这个当代生活情境中的小女孩仰慕花木兰，对花木兰的传说有自己的理解，会跟花木兰隔着时空对话交流。作品以小女孩的视角重述故事，对民歌中忠孝节义内容有所取舍，描画了很多花木兰浴血奋战的经过及情节，更多从女性性别立场出发，以女性的自主、独立、勇敢及力量塑造花木兰的形象，褒扬花木兰的精神，同时也拉近当代小读者与花木兰的距离，让他们对传说中的古代女英雄有发自内心的体认和认同。

　　图画书多幅内图采用拉页设计，除了设置两个花木兰对话的空间，也让长卷的阔大篇幅能更为具象更加充分地展现花木兰在不同背景不同场景中的样貌形态。画家郁蓉运用剪纸、剪贴与素描相结合的方式，协调多种质感、多种色调、多种风格的画面，以穿插交互的方式进行了组接。时空跨越的繁复故事，有了舒展而立体的结构和节奏。

　　《我是花木兰》的色彩明丽鲜亮，花木兰及战场剪影以蓝色为主，以

△《我是花木兰》内页

黄或粉或红的暖色进行装饰作为映衬，比如"余晖下，迎风走来英气勃勃
的花木兰"那幅，非常耀眼炫目。木兰出征前及返家后的衣着，还有各场
面中人物群像的服装，多为艳色，作品因此有了优美的气质以及活泼明快
的情感基调。

　　画面隐藏着大量视觉信息，比如木兰从小舞枪弄棒，翻看兵书的她大
模大样坐在一棵大树的树杈上；比如试穿戎装的花木兰，脚上还穿着女孩
子的红鞋子……木兰出征前去各个市场备办行头兵器那个跨页，古代都城

的俯瞰图景占据了主要的画面，雕梁画栋的屋宇，熙熙攘攘的人群，做买卖的、卖艺的、唱戏的，各式摊档、各色人等、各种情状，鲜妍各异。穿越状态的小女孩，有素描和剪纸两种造型，她周围画面的细节同样密实，最后一幅跨页，窗外是大都市的景观，她骑着木马挥舞刀剑，看她的玩具和书本，与图画书中的元素相勾连。

从前后环衬中两只兔子的铺垫，到全篇录入的《木兰辞》，图画书有整体的装帧设计。特别要关注扉页和版权页，还有封面和封底，围绕两个花木兰相隔千年的交汇想象及构图，别开生面而引人注目。

作品的献词很有意思，作者把这部图画书献给和她一样挚爱木兰的孩子，画家则念念不忘赋予图和书艺术的美。

《小黑和小白》

张之路　孙晴峰 / 文

〔阿根廷〕耶尔·弗兰克尔 / 图

　　图画书的主题关照当下，寓意深切。小黑和小白是两个孩子，其实他们代表的不仅仅是孩子，互联网时代沉迷于虚拟空间已几乎是所有人的现实。这行为的背后关乎人际关系的疏离、孤独自处的需求，关乎回归真实世界、回归大自然的需要，简单也复杂，浅显而深刻，需要我们关注、正视及思考。

　　作品以极简的抽象主义造型两个主要角色，或也有象征意义的指涉。小黑和小白，除了黑白颜色几乎没有差别，都是极度夸张的大头、完全不成比例的身体四肢，不存在五官与眉眼当然也没有表情。他们代表在隔绝和封闭中日益异化的人，代表在干瘪和枯萎中逐渐失去鲜活生命力的个体，是我们所有人的缩影。

　　图画书以小黑和小白命名人物及作品，黑白两色也正是图文创作者构思及创意的核心，小黑的房间是白色，小白的房间是黑色，所有他们在自己的房间能够感觉的存在，到对方房间都会遮蔽及迷失，他们必须走出去才能看见对方。喻义切合着情节，造型交互着画面，黑白两色的效应发挥到了极致。

　　黑与白的世界里色彩的效果会突出及放大。手机和电脑的屏幕，一扇向外的窗户，投射着颜色，标示着意义。当小黑和小白一同走到外面，看见绿油油的树木，走近盛开的花丛，投身蔚蓝的大海，远眺橙红色的太阳，缤纷的颜色展示着世界的丰盈和丰富、风采和风姿，点染出作品的题旨。

画面中很多的故事内容包括细节都靠纯色与色彩显现，小窗外的天空有流云和繁星，有晴天和雨天，看得见春去冬来的时光流逝；小黑的手机与小白的电脑屏幕同是蓝色，小白的电脑屏幕与小黑的手机屏幕都是黄色，线上的同频代表心意的相通；小黑和小白还在迟疑要不要出门见面，他们米色和橙色的帽子就已经捷足先登；小黑的玩偶有与帽子同色的记号，后来到了小白的背上，后环衬小白在地上画小人时玩偶就带在身边，应该是小黑的馈赠。

《小黑和小白》是用颜色讲的故事，紧扣"颜色"，立足于那些"失去又找回"的颜色，依托诉诸视觉的色相，作品讲了一个出彩出色的故事，一个最适合图画书的、以图画才能讲好的故事。

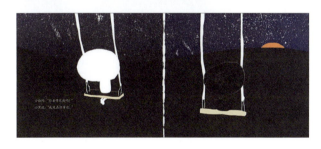

△《小黑和小白》内页

《翼娃子》

刘　洵 / 文·图

　　这部作品在现实题材及写实风格的中国图画书中具有代表性，图文一体的创作，显示了作者关注当下、贴近生活、回望乡土的选择与方向。

　　《翼娃子》以真切细腻的笔触，描绘了翼娃子一家共同度过的初冬的某个星期天，记录式展现他们从早到晚井然有序的日常忙碌，通过普通劳动者的家庭工作及家庭生活面貌，映现当代中国社会经济发展、民众踏实奋进的时代精神。

　　翼娃子一家有生活中的原型，画家曾和他们共同生活，以一以贯之的严谨态度做了大量的前期准备。作品中很多人物场景，都依据实景或依据

《翼娃子》内页

拍摄下来的素材加以描画。作品对主人公一家行进的街道马路、到过的农贸市场，对他们小吃店的店面及一应陈设，还有操作间的炉灶锅台、杯盘碗盏，都有逼真的再现；除了翼娃子一家三口，各个时段光顾的食客，其外貌衣着、形容举止、包括略显淡漠及疲态的面部表情，都有写真的镜像感。作者称自己是用"最虔诚的手法"，"耐心地画出一道道衣褶、一根根面条、一块块地砖和一团团热气"，把"真实的瞬间定格为永远的画面"。

有感于大人整日为生计劳作、孩子也被裹挟其中的百姓常态，创作者不怕琐细、不嫌烦难，坚持以原生态的观察呈现生活的质地及质感，哪怕没有讲一个好玩的故事，也自有朴素的感人力量。而从城市新移民这一特定人群的角度，写出他们在居留地生根过程中的内心波澜，写出他们新生活的憧憬中对家乡的牵念与回望，作品的内涵和意蕴丰厚中更具人文关怀。

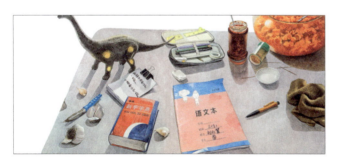

◁ 《翼娃子》内页

这些内容在图画书的前后环衬中有集中的体现。两个环衬同中有异，相互对应，取景于小吃店内被翼娃子占据的一张饭桌，饭店营生相关的物品，点菜的便笺、辣椒酱、咸菜缸、牙签、削皮器、味碟儿，和翼娃子的作业本、文具盒、字典还有恐龙玩具一起，无序散乱地摊在桌上，前环衬写有孩子班级姓名的合上的作业本，在后环衬打开来，上面已经写好了一篇题为"我的家乡"的作文，翼娃子字迹工整地写下了他对爷爷、奶奶、叔叔、还有狗儿大花的想念，原来玩具恐龙是堂弟送的临别礼物。作文结尾翼娃子表露出对一个月后回家过年的盼望，在图画书封底的小图中，翼娃子和他的花狗亲热拥抱，不远处隐约可见堂弟还有爷爷奶奶跑过来的身影。

前后环衬因此成为全书最出彩的一个"跨页"，图画书的故事也讲到了封底。

《别让太阳掉下来》

郭振媛 / 文　朱成梁 / 图

　　这部图画书出版后几乎囊括了所有的童书奖项，是原创图画书 2018 年度排行榜榜首作品，是第 14 届文津图书奖获奖作品，2019 年更摘得第 27 届布拉迪斯拉发国际插画双年奖金苹果奖。这部中国图画书的优秀之作，在儿童性、文化性及艺术性诸多方面都非常突出。

　　《别让太阳掉下来》讲述的是一个幻想故事，一群喜欢太阳的小动物想方设法阻止太阳下落，它们杞人忧天又异想天开的举动，符合幼童的心理及想象逻辑，无论是那些想用绳子绑住太阳的小鸟，想撬起太阳的猴子，想托起太阳的松鼠，想顶起太阳的牛儿，想抓住太阳的猫儿，还是想举起太阳的熊猫妈妈和宝宝、驮起太阳的袋鼠妈妈和宝宝，以及它们最后自以为挖出太阳的"误会"，在儿童读者看来，都是合情合理、最有创意的想法和办法，它们留住太阳的行动，就如同一场大家共同参与的好玩的游戏。作家的文字和画家的造型，根植于童年童心，贴合着儿童天性，作品中各个角色有了形神兼备、拙朴自在的儿童态，有了浑然天成的儿童情趣。

　　画家朱成梁延续着他一以贯之的创新追求，着力尝试以新手法和新技巧为这部作品注入新鲜感。《别让太阳掉下来》有中国传统民间艺术元素的综合吸取与运用，比如借用民间泥塑玩具造型角色，取法传统漆器的描

红与描金，以粉红配石绿装饰，等等；图画书以朱红和赤金为主色调，契合太阳的意象，视觉效果突出，还有文化的标示意义；不同物象不同景观的着色方式不同，质感各异；页面采用方、圆、半圆分割，空间布局灵活多变。深厚的功力与创造性发挥，有力提升了这部图画书的艺术水准。

图画书有图文的分工及配合，文字以"太阳出来啦""太阳去哪儿啦""别让太阳掉下去""太阳掉到地里去了"等角色语言，与简明的叙事语言相互穿插，连贯叙事并推进故事，以画面展示故事情境及动态场景停顿并调节叙事节奏，铺陈更多的细节和趣味。

于是小读者在画面中会看到，在鸟儿们的想象中，太阳就像松软的糯米团子，松鼠托起太阳的办法是摞起一个又一个的松果，牛儿顶起太阳可不是用角，而是以倒立的姿势伸出牛腿，熊猫妈妈让熊猫宝宝站在自己头上托举太阳……作品金褐色的前后环衬中，各种姿态的动物造型，都来自图画书的内图，挑选好角度找出相关的对应会是有意思的阅读活动。

《和风一起散步》
熊 亮 / 文·图

　　这是熊亮图画书作品中最具童趣及诗性的一部，虽然作品的灵感触发于古代典籍及诗词歌赋，有中国传统文化的根基，但创作者以图文创建的是一个属于儿童的梦幻世界，孩子可以轻易抵达，大人们需要以孩提之心领略及体悟。

　　作品中的小木客是个孩子，自在天真，其实风也是，只是更加任性和淘气而已。风刮走小木客的帽子，强拉着他一起散步，一路惹了麻烦闯了祸，让小木客代为受过。风起云涌、飞沙走石之后，风也累了，顺势接受小木客的规劝和批评，变成了乖孩子，轻推门扉、轻抚花叶、鼓动溪流、托起风筝。小木客和风一路的散步过程，大熊、大鹤、老鹰、老木客、庆忌小人、菌人们纷纷登场，等小木客最后回到床上，我们才知道这一切或者只是他的一个梦。

　　《和风一起散步》与《小年兽》不同，取青白的色调，相比于"年"，风的形象是更大的挑战。这部图画书最让人称道的恰恰就是作品对风的联想与想象。创作者充分利用中国水墨丹青虚实相间、传神写意的优势，不仅描绘风于青萍之末与松柏之下的静与动，更描绘风起止翱翔、离散转移、徜徉徘徊、飘飏激荡的各种姿态，在众多物象的动态中描摹风的气息、风

△《和风一起散步》内页

的气势，在各种情境和意境中，风有了灵动的生机、律动的生命。画家也借表现千变万化、有形无形的风，让自己的才情与个性尽情挥洒，如风一样自由奔放、漫卷飞扬，无拘无束、酣畅淋漓地释放创造力，以传统的现代，连接中国和世界。

创作者独力担纲图画书的著绘让作品的图文交互有理想的状态。文字承担叙事及人物的语言，还有声音及语气词，小木客一直在辩解："不是我干的""真的不是我"，风干的一切全部都在画面中，到最后的两个跨页，文字的叙述和图画的景象由分到合，以互相的对应收束全书，于图文一体中完美收官。

小木客的可爱形象深得人心，熊亮 2019 年推出的 "游侠小木客"绘本文学是个宏大的系列，或者也是源于对这个角色的钟爱，要给他以更广阔的天地和舞台，让他成为森林家园的精灵守护者，以奇幻延续他和风一起散步的梦幻。

《一颗子弹的飞行》

白　冰／文　刘振君／图

阅读这部图画书，小读者将感受到强烈的心灵震撼。子弹射出枪膛，它的目标无可避免地指向了杀戮，成为了战争的指代和象征。让小读者认清战争的破坏性，认识到战争的反人性，是这部作品鲜明的立意和深刻的主旨。

图画书的创意独到，这颗飞行的子弹被赋予了生命和情感，可它又不完全具有主宰自己的力量，子弹的飞行与子弹的意愿有了激烈的冲突。作品的文字记录着子弹的内心独白和呐喊，图画则描画着一个个惊心动魄的

▽《一颗子弹的飞行》内页

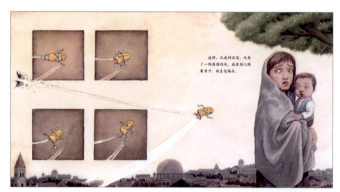

瞬间，它穿过孩子手中的棉花糖、婴儿面前的气球，穿过飞翔的风筝还有天鹅的翅膀，穿过一对年轻爱人的发梢和一个怀抱孩子母亲的头巾，穿透一棵苹果树的树干后落地，留下了一个边角锐利的放射状弹洞。

伴随图画书页面一页页翻开，读者如同置身戏剧舞台之下，看到子弹掠过的天空、城市、乡村、街道还有房屋，看到了惊慌失措的大人和孩子，看到他们祥和安宁的生活被惊扰、甜美和欢乐的时刻被破坏，每个场景都处在千钧一发的危急关头，读者的心绪一直紧绷着，会和画面中的人物一起经受煎熬与痛楚、感受伤痛与愤怒，进而领受作品关于战争、关于仇杀的拷问，子弹的飞行终归源自一杆枪的发射，一个人扣动的枪的扳机。

《一颗子弹的飞行》的绘画选择了切合题材与主题的超现实主义风格，从子弹视角出发，原本写实的人物及景物，有一定程度的扭曲与变形，产生出梦幻般的视觉效果。卡通造型的子弹，表情有夸张的前后变化，给悲怆的氛围添加了些许荒诞，多了几分乖谬感，带上了黑色幽默的复杂况味。

图画书的画面组接有电影运镜的特点，会定格于某一刻，给出局部的特写，给予聚焦和放大。一些入镜的细节特别耐人寻味，射出子弹的枪刻有字符及时间，子弹飞行带着的硝烟标记出了方位和轨迹，却经常在书页两端留下炸裂的破口，情理之外的暗示值得琢磨及品味。

画家还在图画书里留下了让人难以忘怀的"点睛"之笔，那些目睹过子弹近身的眼神，人物的还有动物的，无一例外地哀伤而惊恐莫名。战争是残酷的，侵害人的生命剥夺人的幸福，保卫和平是全人类的共同责任。

《太阳和阴凉儿》

张之路/文　乌　猫/图

　　《太阳和阴凉儿》是作家张之路创作的故事，有多个插画师合作的文本，乌猫完成的这一部最具有图画书的特点。

　　作品的文字讲述浅显生动，故事内容貌似简单实不简单。简单在于人物及结构是儿童所熟悉的，小太阳、阴凉儿、灰兔子、花孔雀，如同小孩子一般，捉迷藏玩游戏，争强好胜，比赛输赢。可这故事内涵里有科学还有哲学，小读者可以借此体察他们周围世界的千变万化、多彩多姿，体认存在于种种现象和物象中的运动与静止、宏大与细微、完美与缺失、相对与绝对、对立与统一。故事由浅入深地切近事理和哲理，由表及里地深藏旨趣和意趣，自然是不简单。

　　乌猫的创作谈，特别提到他创作"建立、推翻和重建的过程"，提到他"从线条到没骨、从新色到宿墨、从膏状颜料到矿物粉末""掰开揉碎、游弋嬉戏"的一番功夫，正因为如此，《太阳和阴凉儿》有了令人惊艳的绘画质素，图画与文字形神合一，兼容了知性、诗性与艺术性。

　　图画书色彩的古朴清雅、明艳端丽，或源于绘者敦煌岩彩技法的出色运用，图画以圆润的线条造型及构图，纳入天地、水火、风云，让其在画幅中回环及律动，源自东方的传统及文化，或也有西方现代装饰艺术的一

△ 《太阳和阴凉儿》内页

脉传承。

　　充分利用底色及空白，是这部图画书的布局及构图的要诀。作品的故事情节关乎方向和方位，太阳和阴凉儿绕着大榕树嬉戏缠斗，以位置固定的大树为中心安排物象，让画面的景象不流于单调和板滞，是很大的挑战。在《太阳和阴凉儿》中，空白不仅有铺排文字烘托色彩的显效，更发挥了穿插导引、平衡空间视觉的功能。

　　与成人读者的品鉴不同，孩子们更热衷于发现图画中的故事。小太阳的样貌如何，阴凉儿的身形怎样，它们各自的升腾和匍匐、相互的远离和靠近，还有七彩阳光如何与孔雀开屏争艳，洞里小兔子的家里都有什么摆设，都可以在画面中发现和看见。除了提到的几个主角，文字用动物们统称的各个配角，在图画里有了明确的身份，它们是熊、老虎、猴子、狐狸和小松鼠，它们在大榕树周围的位置发生着变化，最后和太阳及阴凉儿一起奔向了旷野，这些都由图画告诉了读者。

　　在《太阳和阴凉儿》中，图画不仅成就了图画书艺术的美，也完成了跟文字互补讲故事、跟儿童读者互动的重要责任。

《鄂温克的驼鹿》

格日勒其木格·黑鹤／文

九　儿／图

　　《鄂温克的驼鹿》以北方的大森林为背景，讲述了老猎人格力什克抚养驼鹿小犴而后双方相依相伴的动人故事。

　　作为一本在动物小说基础上创作的图画书，作品兼具文学和视觉艺术综合的表现力，图文合一地实现了作家与画家共同的创作宗旨——优美诗意地展现鄂温克人使鹿一族所特有的狩猎生活方式，记录留存他们消逝中的民族文化，传递其文化中人与动物相互依存休戚与共的自然生态观。作品因此具有了厚重的人文色彩、深刻的思想底蕴及丰富的人生况味。

　　图画书采用了方正的大开本，为图文表现创设了开阔的空间，在扉页前放置了五个跨页一个单页的序幕单元，整部作品以电影镜头不断位移似的运动感，让作品长篇巨制的形制烘托宏大主题并渲染出民族历史的氛围。

　　画家九儿将写实性描绘确定为方向，精细入微地刻画人物及还原场景，虽然在色彩的渲染、细节的添加还有技法的选择和应用上，她都理智地保持着收敛和克制，但全心投注的深沉情感，依然让她画面呈现的整体和局部，让她描画的四季更迭中大森林的每个角落、老猎人与驼鹿相处的每个瞬间，融合交汇着万物生长之力与人性温暖之光，于古雅素朴的底色中焕发出青涩而端丽的华彩。

最值得称道的是，图文创作者特别表达了对人与自然关系、人与动物关系完全不同于过去时代的深刻反省，显示出面向人类未来的深远目光、开阔胸怀与庄严态度。驼鹿强悍地守卫住老猎人最后长眠的那处森林，作品的结尾画龙点睛，颇具象征意义：或者隔绝了人类的肆意侵扰之后，原始森林终将会复归为一片净土，一片供野生动物们生息繁衍的自在家园。这部图画书由此得以从同题材的众多文本中脱颖而出，有了代表中国本土原创图画书创作成果的格局和气派。

▽《鄂温克的驼鹿》内页

九儿让作品的色彩基调渐变中呈现差异，为突出小犴这个重中之重的主人公，她让驼鹿的身形与老猎人，与其他人其他动物，与不同环境中景物相比，有一定程度的夸大，这些构思和处理是否成熟还可以讨论，但画家不断变化题材、转变创作风格并做图画叙事的多种探索是值得关注和肯定的。

《企鹅冰书：
哪里才是我的家？》
金皆竑、林　珊 / 文
刘　昊 / 图

　　这是中国图画书最为特别的一部，"企鹅冰书"的题名，"哪里才是我的家"的叩问，精准到位地点明了作品的立意与创意。

　　图画书使用新型热敏材料制成，内页常温下为白色，图文难以辨识，只有在冰冻一段时间之后，绝大部分的内容才会显现，两者的反差极大，视觉效果也就非常具有震撼力。全球变暖、极地升温、冰川融化的环境危机，通过企鹅和北极熊的生存困境，直观具象地显现在儿童读者面前，他们不但亲眼目睹、还可以亲手触摸，互动体验会让孩子们更能体认作品主旨，从小确立保护环境及生态的观念。以科技应用于媒材使用及印刷环节，融合内容与形式的创意设计，让这部图画书在理念与实验、艺术与技术都具有先进性和代表性。

　　围绕企鹅一家对家园的寻找，作品有精彩的图文讲述。拟人与幻想情境的设定，让企鹅一家有了从南极到北极的时空穿越能力，也让它们与人类、与其他动物的交集变得合情合理。伴随故事有波折及起伏的推进，人类对地球环境及生态的破坏无处不在地显现出来，在高楼林立的温室及热岛效应中，也在海洋水污染及垃圾污染里，小女孩为中暑的企鹅一家提供了冰箱暂时躲避，多少也折射某种笨重的无力感。为兼顾冰书的反差效果，

△《企鹅冰书：哪里才是我的家？》内页

画面用色鲜艳炫目，但画家刻意将企鹅一家以弱小的身形置于冰川、海洋、城市等浩大的背景中，视觉上的压迫感或苍茫感，还有企鹅爸爸背负的超大行囊，都强化了它们流离失所的困厄、艰辛与无奈。好不容易到了北极，企鹅们得以和北极熊共享栖息地，冰河融化的重现彻底地击碎了它们的机会和希望，于是在图画书的最后一页，读者从图中看到的是动物们眺望远方天际、孤立无助的背影，简单的文字则诉说了它们流下的难过的眼泪，还有小企鹅"哪里才是我的家"的提问。

作为给儿童阅读的图画书，虽题材严肃主题重大，"企鹅冰书"的图文还是有从儿童视角举重若轻的艺术表现。文字叙述是儿童的口吻，采用儿童手写体，图画也有不少瞄准小企鹅的细节刻画，比如一开始在南极发现融化的冰河，小企鹅有好奇的试水，到后来在北极看见时它已显露出和爸爸妈妈一样的担忧；再比如鲸鱼带着企鹅一家漂洋过海，小企鹅独自置身于高高在上的鱼尾远眺；街头小女孩关切地看着倚柱而坐的小企鹅随即施以援手，北极熊抱小企鹅在怀中安抚……作品的封底都在用文字提示小读者关注小企鹅一家的故事，这种聚焦，会让孩子们萌发保护地球环境的强烈意愿，他们的温暖情感与行动，最终会到达极地，像"冰书"一般经过冰封冷冻的变温，传递给那里的人类的动物朋友。

《小狗，我的小狗》

陈　晖／文　沈苑苑／图

　　图画书《小狗，我的小狗》2019 年荣获了"上海好童书"奖，颁奖词称这部作品让读者通过一只"无声无息的小木狗"，"体验到了爱的心声"。

　　女孩在市场上看到一只有瑕疵的玩具小狗，想买却又放弃了，这只玩具小狗在一次次被嫌弃抛弃之后，最终还是回到了女孩的身边。很多读者从中看见了一个女孩的小心思，看到里面柔软天真的孩提之心，但仔细品味还有更深的一层意思，小女孩与木头小狗之间的"弃"而"不舍"，传递出的是对"弃"的不接受和不认同。在作者看来，所有的嫌弃、抛弃、厌弃、遗弃、丢弃、放弃、舍弃，终归都是"弃"，只要是"弃"，就会有伤害和伤痛。结合故事中种种"弃"的可能原因，关乎歧视、喜新厌旧，

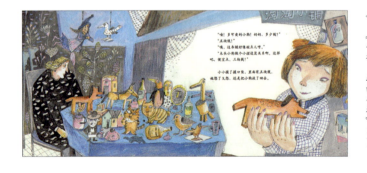

《小狗，我的小狗》内页

《小狗，我的小狗》内页

还是不以为意、不珍惜，作品有许多可以理解及思考的意蕴在内。

作品的图文故事从小女孩的限制视角描述事件，木头小狗并没有拟人化的处理，它无法诉说和表达，第一个男孩对木头小狗做了什么，它怎么会到河里，鞋匠的儿子又做了什么，它怎么到的沟里，都采用忽略及跳过的方式，也为读者预留了想象和补充的开阔空间。

画家沈苑苑辨识度颇高的画风，在这部图画书中有精彩的反映和体现。页面以场景的描画为主，除了故事中的角色，经常有人物群像出现在背景中，他们表情姿态各异，发型服饰也各有特点，有的"路人甲"只有半个身子出镜，也足以抓住小读者的注意力，引发"他们是谁""在这里干什么"的好奇和猜想，场面和景象也因此变得鲜活立体。

画面的饱满还来自细节的添加，作品关系孩子的玩具，各种各样应有尽有，散落在各个角落，鳞次栉比，目不暇接，还有孩子们喜欢的小动物，会不经意间出现在人物身边。繁复的视觉元素中还包括入画的文字，作品开篇于一个热闹的街市，各色店铺中有让人眼花缭乱的陈列，店铺的名称还有广告花样百出，有"天不亮蜡烛"，有"光光明理发"，有"牛牛杂货店"，一个挂着"古玩店"和"旧货店"两个招牌的店子醒目贴着"微信支付"的告示，而故事人物正前往的"淘淘小铺"就在"丫丫小鞋铺大大脚"的旁边。读者能够感觉到画家想要渲染的生活气息及趣味，如果仔细读图还会有更多的发现，丫丫鞋铺的主人正有所期待地从门店内往外张望，虽然好几家店门口都站着招呼顾客的店主，但画幅右下脚花花小店门前站立的一对小青年应该是顾客，他们一个挎着手袋，一个拿着花瓶。这便是图画讲的更多的故事。

《虎子的军团》

陈　晖 / 文

冷曜晶　于　娇 / 图

　　《虎子的军团》是一部借助战争中的父子情感表达家国情怀的作品。虎子的爸爸是父亲也是军人，他为国家舍身取义，他对家人不舍牵挂，两者的矛盾与冲突，两者的取舍与兼顾，是作品故事展开的核心与重点。

　　作品文字精练而节制，每页最多二十字，仅概述必要的情节，将更多的空间留给了图画。"卫兵"在作品中是具有线索性的物件，它既是玩具，也具有战士的象征意义，随着情节的推进，两种意义都有充分的体现。父子分离时，"卫兵"同时关联着父子间相同又不同的情感寄托，虎子和妈妈赶赴医院的途中，"卫兵"有了更丰富的内涵。比如，卫兵在炮火中被找回时失去一条腿的情节，暗示了爸爸的处境与伤势；父子重逢后，妈妈照顾爸爸，虎子修复卫兵，爸爸和卫兵一起康复出院回家。最惊心动魄的场面是虎子为找寻他不能丢失的卫兵，完全不顾轰炸的危险身陷险境，妈妈以自己的血肉之躯护住了儿子。母子俩侥幸没有受伤，可这千钧一发的瞬间成为作品最高潮处的节点，一个跨页图画只用了一个拟音词，对读者的情绪却有很大的调动。

　　画家总体取偏暗的基色选择，既渲染战争带来的严酷与压迫，也传递出回望过往的历史感。画风写实，人物及景物真切，画面配合着作品的主

△《虎子的军团》内页

题与文字讲述，以图画细节营造氛围，完成叙事。战争爆发前，墙上的照片，爷爷做的木工，枝头的果实，晾晒的衣服，枝繁叶茂的大树，树上的秋千，种类繁多的木头玩具等，都以图画讲述着故事。父亲穿上军装，离家而去的一夜，逼仄的墙角，萧条的街道，墙上的旗子、标语，暗示着战争的逼近及对人们生活的影响。赶赴医院的途中，倒塌的房屋，光秃秃的树枝，纷飞的炮火，低空盘旋的飞机，路面的木头、石块，战争的残酷尽在其中。

作品的结尾与高潮是爸爸给虎子的战地军团，关系着书名，更关系着一个作为军人的父亲的多重情感，浴血沙场，男儿本色，保家卫国，壮志未酬，英雄梦，父子情，在一件件木头雕刻的玩具中，在一个男孩拥有父爱陪伴和呵护的幸福里。

图画书收束于一幅无字的画面，老年虎子和小孙子用玩具军团排兵布阵，战争历史与和平年代，家国情感的代代传承，尽在不言中。

附录一
访谈周翔

周翔　国际知名绘本作家、资深绘本编辑，现任江苏少年儿童出版社《东方娃娃》主编

陈晖：您对图画书的概念和特征有怎样的理解？

周翔：我觉得，图画书是一种用手翻动的电影，图画书的故事和画面通过手翻，能让所有的故事都活起来，这是第一点。

第二点，图画书是一种由口头语言和连续的画面组成的艺术媒体。比如，我们现在创作的很多图画书用的都是书面语言，这种书面语言用在小说或是成人作品里面都属于很正常的创作，但是用在图画书里，就非常不适合通过口头来读给孩子听。口头语言并不等于说是大白话，它也需要经过修辞才能给大家读，来提高我们的语言修养。我觉得口头语言还是要回归到白话文学的源头里去寻找，这样才可能写出比较鲜活的口头语言。因此，我们在用口头语言的时候，并不是记录日常的会话，而是选用好的口头语言，培养孩子的语言修辞能力。

第三点，图画书的艺术表现手法是非常多元化的，它不固化，不像很多的成人绘画比较局限。在图画书里面，所有的艺术形式都可以用，这无疑为孩子打开了一扇从小接受艺术教育的大门，这种艺术教育由浅入深，能让孩子在进入欣赏成人绘画的阶段时，没有任何的障碍。而且从小欣赏艺术和接触艺术，也会帮助孩子打开眼界和想象力，让他们的观察能力得到锻炼。

还有一点，在图画书里最重要的是站在孩子的角度，以孩子的眼光去看待这个世界，千万不要去说教。赤子之心其实在图画书创作或者在给孩子选书的过程中都是最重要的一个标准，只有这样才能做好一本图画书。

做桌子、椅子的木料来自于树，树又是由一颗种子发芽长成的。树要成材，好种子是重要的因素，再落到肥沃的土壤里，在阳光雨露下长出绿叶，变成成荫的大树。图画书是人类心灵的种子，内核是人类的普世价值，真善美的枝干撑起人世间文明的绿叶。图画书没有边界，心灵相通是图画书的免签证。透过多元的图画书，我们可以看到人类的心灵之眼，那就是爱。

陈晖：您认为中国图画书二十年取得的成就主要表现在哪些方面？

周翔：中国图画书二十年，无论观念、艺术手法，都有一股青春元气扑面而来。

首先说观念。从事出版的编辑们最先注意到图画书是一种新的阅读媒体，他们怀着满腔的热情投入到图画书的研究和出版当中，像湘少社的蔡皋、中少社的季颖、上少社的俞理和何艳荣等，他们都是图画书观念的重要推手；再比如中少社出版的《幼儿研究》、湘少社出版的《我的图画书论》，可以说，这些出版社和编辑不管是在图画书的理论研究还是编辑、出版方面，都起到了领路人的作用。后来，从事幼儿教育的老师也发现，图画书在发展儿童的想象力、艺术审美、语言学习等方面起到了很大的作用，大学学前教育系的老师们更是从科学的角度，去探究图画书阅读对孩子大脑神经的刺激，从而看到其推动语言发展的重要性，看到图画书不仅符合孩子自然成长的规律，更是契合了以儿童为本的文明观念。通过图画书，我们发现了儿童与成人的差别，也就是说，真正发现了儿童。可以说，是编辑及幼教工作者首先发现了图画书的作用，接着，像您、梅子涵、朱自强、方卫平这些大学老师，还有很多作家、艺术家等，对图画书观念及美学作用进行了深入的研究和推广，是大家一起推动了中国原创图画书的发展，也都做出了很大的贡献。

另外，国外引进的图画书也让我们受到很大的启发。从一开始连图画书的作用都分不清，到慢慢认识图画书、推广图画书，再到研究、创作图画书，在这个过程里，我们可以清晰地看到中国原创图画书的发展历程。也可以说，我们是站在世界的肩膀上看到了图画书的地平线，也是文明在教会我们爱儿童，儿童是民族的未来啊。我们听懂了、看见了，第一次蹲下来深情拥抱我们的孩子，并将爱与欢喜同全世界分享。"行走时香风细细，坐下时淹然百媚。"我想这正是中国原创图画书的真姿。

再来说中国图画书的艺术表现手法。中国的艺术底子是唐诗宋词的意味，与西方酒神观念影响下的造型是不一样的。画中有诗意是中国人审美品位的标准，它的造型趣味是敬天地万物，也有顽皮的诙谐；它的线条行云流水，在山水之间又描尽俗世的面貌；它的色调若有若无，透出空灵的仙气，大红大绿的民间品色透出生命的元气。中国图画书的艺术表现手法，无论在造型、线条还是色调上，都延续、吸收和发展了中国艺术的特质，并将审美的趣味更加丰富地蕴于书页之间，不受传统拘泥，既开放，也更有个性。

说到成就，在这二十年里，中国图画书先从引进开始，然后逐步开始注视到原创图画书的发展，直到现在，无论是在出版还是创作方面，成绩都是惊人的。原创图画书的出书量是惊人的，无论是质地还是数量上都有非常大的进步。目前原创图画书和引进图画书的占比从一开始的1:1发展到现在，原创图画书的势头甚至已经超过了引进的，这也说明，无论是阅读方面还是创作方面，我们都在重视原创图画书的发展。引进图画书和输出图画书一样，是东西方互相交流的最佳方式，说出自己的感受，分享爱的感激，描写阳光满月的风景，一起看天地问宇宙，这才是交流的根本。"江月何年初照人？"也是人类齐声的发问吧。

陈晖：您印象深刻的原创图画书有哪些？

周翔：在这里，首先要看一下我们环境的变化。在图画书的创作中，我们始终在遵循着中国传统文化的传播，以及中国精神的传播。我们必须注意到，真正的传统文化是什么？它的精华是什么？这是我们首先必须要了解清楚的。中国传统文化并不是说我们只是去模仿传统里面的一些艺术形式，把它用到我们现在的图画书创作中，那只是表面的形式，而真正的中国传统文化是在我们的生活里，在我们所处的环境里，大家要深刻地去体会、去感受，才能了解到传统文化的本质。比如说颜色问题，中国的颜色和西方的颜色并不是一样的。不同的生活环境养出画家独特的颜色腔调。我在澳大利亚住了几个月，澳大利亚的天蓝得像电脑的屏保，树林的绿色厚不透风，阳光将建筑切出炫丽的明暗对比，澳大利亚的色调是牛仔高亢的歌。而回到家，天淡云淡，若有若无的远山，一路烟柳透出空灵，金陵的色调是唐诗宋词的意味。西方的颜色是酒，醇厚浓烈；东方的颜色是水，温润顺平。民间品色亦如火药爆炸，猛烈恣意。

　　说到让我印象深刻的原创图画书，我想举两位画家的作品来谈。首先，是蔡皋的《桃花源的故事》和《花木兰》，蔡皋就非常知道中国传统文化的精华是什么，她了解中国人的习性，也对周围的环境、颜色等有很深的感悟。她笔下的颜色其实就是生活环境所给她的特别的影响而达成的。在她创作的这两本书里，可以看到她的颜色是中国的那种平和的色调，没有西方那种强烈的用色系统，她用的是温和、平顺如水的话语，把中国人的某一种性格，如善地表达了出来。她没有刻意地去追求所谓的中国传统技法，如剪纸、画像砖等颜色铺陈的形式，而是真正地从自己的生活里去发现颜色，这些颜色也许就在她的家里，在她的生活里，在她的旁边，在她的风景里，但是她把这些颜色汲取出来了，她传承了这样的美好境界，她的颜色里面是具有诗意的，在我们古代的山水画、人物画里都能看到这样的颜色。蔡皋把这种颜色继承下来并发扬下去，这才是创作中国真正的好图画书，以及继承我们中国传统文化最根本的一个做法。孩子如果读了这样的图画书，不仅能读到桃花源的意境，也能读到一脉相承的中国颜色的品色和修为。

　　另外，我还想介绍的是朱成梁的《别让太阳掉下来》。如果说蔡皋的颜色是中国的唐诗宋词的味道，那朱老师用的颜色则是民间的品色，他的颜色里充满了生命的活力和民间的元气，你似乎可以在他的民间颜色里看到世俗的喧闹，以及那种对生活的热爱和享受，像民歌、童谣里的对唱，

221

火辣辣的颜色让你感觉到生命的饱满。

所以，像蔡皋和朱成梁这样的画家，他们真正地晓得中国传统文化里面的好处，并把它发扬到极致。当然我们还有一些好书，如姚红的《迷戏》、黄丽的《安的种子》等，这些也是能很好地将自己的语言和中国艺术语言相结合的好书，从她们身上能看到中国画家平常那种真诚地说话的态度，这种说话不做作，不故意去模仿别人，而是发自内心地从生活里挖掘感受，并老老实实地把它们表达出来。

陈晖：您觉得中国图画书目前还有哪些明显的不足与缺失？

周翔：中国图画书在发展的过程中，可能存在的第一个问题就是，我们成人要教育孩子的这种念头时时刻刻会冒出来，一不小心就会误伤了孩子。我们没心没肺地往前走，只考虑到自己出版的市场效应，只考虑到自己的文笔如何，只考虑到自己的艺术表现手法是否新颖，很多时候完全不站在孩子的立场上去考虑图画书的本质是什么。

第二点，现在很多原创图画书，不管是编辑策划选题，还是作者作画的过程都太快了。还只是一个点子的时候，就急急忙忙地要把它做成书，既浪费了纸头，也浪费了时间和精力。既然是要为孩子做书，我们可能就要把脚步放慢一点，就要为孩子挑选出最好的食材，并怀着满心爱意把它认认真真地做出来，我觉得这一点是我们从态度上需要重视起来的。

第三点，中国原创图画书正在蓬勃发展，中国的儿童图书市场很大，因此，很多人都投身到图画书领域，很多非专业的儿童出版社也都在做图画书，一窝蜂地拥上来做图画书也许会让图画书的整体质地下降，这也是需要大家一起来讨论和改变的。当你不懂图画书，当你不懂孩子，只是以利益为第一位的时候，你往往会把一本书做坏。

第四点，中国的图画书理论也需要一步一步建立起来，如果我们有好的图画书理论的话，会让很多的从业人员和创作者在理论的牵引下，明白自己应该做什么，如何去做，这方面也是需要不断加强的。

陈晖：您对中国图画书未来的创作发展有何预判？

周翔：中国的图画书在世界图画书领域里也是一枝花。中国图画书如果能把自己的生活、自己的情感以及自己想说的话，认认真真地说出来，那么在世界的花园里就一定能够开出一朵属于自己的灿烂的花。

中国地域宽广、文化深厚、民族众多，我们的图画书现在只开了一个很小的口子，如果我们能站在一个更加宽阔的角度去做图画书，我相信，中国图画书的力量、中国图画书的前景一定是非常绚丽的！

陈晖：图画书绘画创作需要从哪些方面寻求突破？

周翔：所有人在创作图画书时，我觉得第一点还是要真诚，真诚地说故事，真诚地去画画，真诚地去为孩子选故事，这个是最重要的一点。如果是单从技术上掌握艺术的话，那不能算是真正的娴熟和高超。我们还必须要秉承艺术的精神，只有心灵和生命本体产生共鸣的时候，才能真正地做好一本书。

另外，在创作的过程中，不要只画画，而是要多读书，要好好地生活，从生活里截取好的经验，才能够有活水来浇灌和滋养图画书。

陈晖：从画家经验出发，您对图画书创作有哪些建议？

周翔：首先我们要对图画书有所了解，这是第一点。很多图画书创作者不明白如何用绘画语言去"写"书，不明白将一幅幅画装订起来只是一本画册，而不是一本讲故事的书。绘画是表达瞬间，书是表现过程。用纯绘画去做绘本，那就丧失了故事叙述的功能。绘本的绘画是用视觉语言来叙述文学故事，是异化的文学。文学和绘画两个不同媒介要恰到好处地交叉、融汇在书里，才能诞生出一本好绘本。

第二点，我们要知道自己的生活，因为创作的源泉就是生活。"十三邀"采访社会学家项飙老师，他观察到当下的部分年轻人对于品牌、潮流、网络、经济走向等如数家珍，当被问及到附近的社区、超市、街道有什么变化时，却茫然无感受。项老师将这样的隔离称之为忽略"附近"的生活，是社会学的新课题。"附近"的生活感受对于创作者来说是鱼和水的关系，无论你在哪里，脱不开社会"附近"的关系，你隔着就没了生活的滋养。家常说话、邻里往来都是素日景象，看到眼里，记在心里，生活的底片在提笔的时候就会清楚地显影。上街或是逛集市，作为创作者必须要学会张望，《城镇》的作者小林丰先生说他每天要做的事情是逛街，了解有趣的事情，观察体验并记在心里，然后再画出来就不难了。生活就是一部大图画书，你是这本书里的一个角色。好好生活，认真体会，等你要说话的时候就会很利索。

好故事，要有真情的质地，如实地说出自己的感受，冷就是冷，热就是热，好好地诚恳地说话。人的七情六欲、喜怒哀乐亘古不变。就好比唐诗宋词，虽然其艺术形式的衣服在换，但真性情一直在那里，感动着后世人。好作品就是这样，有着人类共同的精神质地，含着相濡以沫的慈悲，也是人世间的家常菜。说好故事好难，图画书"写作"不能过度使用形容词来码故事。阿城创作的《孩子王》里，王福同学交作文，写他上学的过程，写他看到山上起雾了。老师说他比别的同学写得好，没有错别字，事情也说清楚了。阿城教了我们如何写作的道理，那就是学习观察、真诚地说故事。"山上起雾了"是让你心里一动的句子，它有情意、有余味。图画语言要用好句子，才能让读者参与进去。

当然，创作图画书也要遵循一定的规则，要注意里面的规律。图画书一定要有逻辑结构，情节的铺排设计、伏笔与高潮、令人拍案叫绝的结尾，这些都需要有好的构思，需要画家敏感的眼睛去观察，将生活的胶卷通过提炼，洗出清晰的好故事来。当然还要有一点好的运气，因为你不知道"哪片云会下雨"。

陈晖：您认为编辑可以在图画书创作方面发挥哪些作用？

周翔：编辑的水平决定出版的高度。"甜瓜连蒂甜，苦瓠连根苦"，这也是作者选编辑的考量。作者是厨师，编辑是美食家。两个角色的定位不同，作者要尽量露出好手艺，编辑要会品尝滋味，还要能说出感受。作为作者的经验，会让我在编稿子时，提供一些有助于作者修改完善的建议，而作为编辑的判断，会让自己创作时把握尺度。但即便这样，当局者迷，我在创作时仍需要编辑参与并指出问题。编辑与作者的讨论像两位禅师对话，机锋、开悟、顿悟是成书的法则，而书的好坏也决定了出版社的高度。

优秀的出版社是常春藤大学，它提供优质客厅，让编辑与大师对话，与优秀才俊切磋，与不同专业的专家交流，长期浸染熏陶会让你受益匪浅，还赚到了老板给你付的学费。

一个出版社的决策者对图画书的发展是非常重要的，他们就像领路人，好的图画书都是由优秀的出版社编辑来挑选出版的，比如像日本福音馆的松居直、信谊基金会的张杏如、接力出版社的白冰、二十一世纪出版社的张秋林、蒲公英童书馆的颜小鹂、蒲蒲兰绘本馆的石川郁子、张东汇，《东方娃娃》的丁诚忠、余丽琼等。正是因为这些优秀的出版人把图画书作为一项事业来经营，他们有眼界、内心有境界，所以才有更多优质的图画书被出版。没有这些好的出版社，很多的作品都将是平庸的。

附录二
访谈刘蕾

刘蕾　资深出版人，编审，现任青岛出版社副总编辑、青岛出版社济南少儿分社社长、总编辑

陈晖：您对图画书的概念和特征有怎样的理解？

刘蕾：作为一个从业二十多年的童书编辑，因缘际会，我有相当一部分精力投注在了图画书的编辑出版中。现代意义上的图画书在中国萌芽于上个世纪 90 年代中后期。那时候，图画书还非常弱小，像刚刚破土的幼苗，几乎无人注意。不要说普通读者，就是专业出版社和相关领域的专家对这个事物也知之甚少。随着中国出版人开始参加国际书展，视野逐渐打开，出版学术交流开始起步，图画书最先进入了一些出版人和儿童文学研究者的视野。我记得新蕾出版社在 2008 年出版过一本叫《中国儿童文学五人谈》的书，邀请了曹文轩、梅子涵、方卫平、彭懿、朱自强五位学者畅谈什么是儿童文学，给我的印象特别深。这本书其中有一章专门谈到了图画书，那应该是学界对这个事物进行的学理层面的最初探讨。90 年代末到新世纪初期，我当时所在的明天出版社就派专人参加博洛尼亚、法兰克福、纽约书展等国际书展，带回了一些国外的图画书，编辑们的眼界得到了拓展。

我当时是《幼儿园》杂志的主编，杂志的主体读者是3~6岁的幼儿，由于读者的重叠性，我对那些外版书很感兴趣。它们漂亮的设计、纯正的用色、独特的叙述方式给我很多启发，我潜移默化地用到了杂志的编辑实践中。除了杂志的工作，我们把相当多的精力都投注到了图画书的编辑工作中。除了《小老鼠无字书》《小公主幼儿成长图画书》《铁丝网上的小花》等引进版，我们也尝试做原创图画书，出版了《小肚兜幼儿情感启蒙故事》《吕丽娜童话绘本》，国内最早与曹文轩、秦文君、张之路、梅子涵、徐鲁等儿童文学大家合作图画书，在2008年初开启了与信谊基金会的项目合作，明天出版社的图画书班底就是从那个时候奠定的。

多年的编辑体会使我建立了对图画书的认识：图画书的主体读者是儿童，又不仅仅局限于儿童，它运用文字和图画这两种语言，在翻页之间自由组合，面对无限丰富的世界进行了同样丰富的表达。一本好的图画书通常要具备以下几个特点：

★坚守儿童本位，富有儿童趣味；

★绘画与文字一样也是叙事语言，画面有连贯性；

★图画与文字不是再现关系，图文之间有丰富的互动性；

★题材多样，可以涵盖生活与成长的方方面面；

★体裁多样：故事、童话、诗歌、童谣、散文、摄影、传记……都有图画书精品；

★适合亲子共读，文字具备口语化、重复性、简练质朴等特征；

★一本图画书，从封面到封底，处处可以讲故事；

★细节至上。

陈晖：中国图画书二十年取得的成就主要表现在哪些方面？

刘蕾：勾勒中国图画书二十年的发展轨迹，真是令人感慨和振奋。21世纪初期的几年，社会层面对图画书的认知非常有限，图画书还仅仅是专业圈子里一个令人兴奋的话题，社会层面的大规模认知启蒙尚未开始。21世纪的第一个十年，是引进版图画书的黄金年代，无论是数量还是质量，引进版都占有压倒性的优势。那个时候各家出版社引进的图画书可以说是本本经典，很多至今还是图书市场上的畅销品、常销品。比如二十一世纪出版社的《犟龟》《奥菲利亚的影子剧院》，明天出版社的《小老鼠无字书》，南海出版公司的《爱心树》《失落的一角》《失落的一角遇见大圆满》，接力出版社的《活了一百万次的猫》《阿罗有枝彩色笔》，信谊基金会和少年儿童出版社联合推出的《鳄鱼怕怕牙医怕怕》《猜猜我有多爱你》《爷爷一定有办法》《逃家小兔》……这些书开始并没有引起市场热捧，不是今天的所谓"爆款"，但是经典的品质让它们经受了时间的检验，加上儿童阅读推广的逐渐升温，渐渐成了市场上的常青树。

历史发展到21世纪的第二个十年，原创图画书显然加快了发展的步伐。这背后的原因是多方面的。理想的儿童阅读都要经过图画书阅读这条路，中国也不例外。我们目前正走在这条路上，这种行走在近几年呈现出一种浩荡之势。经过二十多年的实践，原创图画书的水平取得了长足进步，无论数量还是质量都有了明显提升。我以为成就主要体现在三个方面：

第一，出现了一批优秀的图画书作品。

随着大量优秀的引进版图画书进入视野，中国少儿出版界、儿童文学研究界和创作界开始了一轮认真的学习，经典的好书看多了，优秀的标准就渐渐地确立起来了。在21世纪第一个十年里，只有为数不多的少儿社在进行原创图画书的探索，推出的作品多数在今天看来还显稚嫩，优秀作品不算多，《团圆》《一园青菜成了精》《安的种子》是其中的佼佼者。进入第二个十年，随着创作理念的渐次成熟，高品质图画书开始大量出现。比如《桃花源的故事》《妖怪山》《辫子》《云朵一样的八哥》《小黑和小白》《我是花木兰》《翼娃子》《盘中餐》《红菇娘》《小青虫的梦》《别让太阳掉下来》《外婆家的马》《鄂温克的驼鹿》……它们在故事、绘画和叙事上显示出很高的水平，艺术家们以才华和真诚创作的这些优秀作品，放在世界图画书的百花园里也毫不逊色，甚至别有风采。它们以图画书的方式向世界讲述着多姿多彩的"中国故事"，给小读者带去了丰富的审美体验。这些优秀作品不仅受到中国孩子的喜爱，影响力渐渐扩大，很多书输出了多国版权，有的还获得了具有影响力的国际奖项，受到了世界小朋友的喜爱。

第二，出现了一批优秀的图画书创作者。

优秀的图画书一定浸透着优秀创作者的才华、心血和诚意，经过几十年的沉淀，我们拥有了蔡皋、朱成梁、周翔、王祖民、熊亮、九儿、刘洵、田宇、黄丽、弯弯、于虹呈、李卓颖等这样一批优秀的图画书创作者，他们的作品不仅获得了国内读者的喜爱，也征服了国际专业奖项的评审，这些令人尊敬的艺术家以真诚的创作态度、丰沛的艺术才华和专业技法创作出风格多样的作品，给无数孩子的童年带去了温暖、力量、梦想和爱。

第三，出现了一批专业的图画书出版机构和品牌。

过去的二十多年，图画书这一小众门类经历了由"门前冷落鞍马稀"到"鲜花着锦，烈火烹油"的市场境遇变化，这个变化的背后是和国民经济发展提速、素质教育的大范围普及、中产阶层的崛起等是分不开的。土壤丰厚，才会结出甜美的果实，一批具有现代出版理念的童书出版机构和品牌集中成长、成熟起来，市场上优秀的原创图画书基本上出自中国少年儿童出版社、接力出版社、明天出版社、二十一世纪出版社、中信出版社、信谊基金会、蒲蒲兰绘本馆、蒲公英绘本馆、爱心树绘本馆、耕林童书馆、活字文化的小活字图话书、广西师范大学出版社的魔法象等，它们以科学的童年观、优良的品质、专业的推广构成了中国图画书市场的中坚力量。

陈晖：您认为哪十部作品最能代表中国原创图画书的水平？

刘蕾：这个题目太难了。我们的原创图画书在二十年里取得了丰硕的成果，综合故事表达、艺术呈现、题材挖掘、国际影响等方面考量，我推荐以下作品：《一园青菜成了精》《团圆》《云朵一样的八哥》《羽毛》《妖怪山》《辫子》《小黑和小白》《鄂温克的驼鹿》《别让太阳掉下来》《外婆家的马》。

陈晖：中国原创图画书目前还有哪些明显不足与缺失？

刘蕾：这些年我们的原创图画书取得了长足进步，这是有目共睹的，但是与世界顶级作品相比，我们还有提升的空间。我从创作与出版两个方面来谈谈存在的问题。

创作方面：

（一）有的创作者没有真正地"看见儿童"。

图画书被称为"生命第一书"，那么，我们应该给处于生命第一阶段的孩子提供什么样的图画书？他们的眼睛和心灵应该接受什么样的文字和图画？图画书应该指向什么内容、具备什么质地？这是创作前应该进行充分思考的问题，从已经出版的图画书来看，有的创作者还没有对这些基本问题进行充分思考，对图画书特质的理解还存在着某些偏差，对其精髓还缺乏深入理解和精准把握，许多作品品质流于一般，其童年精神、艺术蕴含、美学表达与世界一流的图画书还存在着明显差距。之所以会产生这种情况，通过勾勒现代意义的图画书发展历程我们可以看到，图画书的诞生和发展与西方人本主义观念的兴起有着内在的关联，它与"发现儿童"有着不可分割的关系。我们对童年文化的体认还有差距，现代的童年观还没有得到广泛而扎实的普及，一些创作者没有真正地"看见儿童"是造成原创图画书品质不过硬的一个主要原因。

（二）创作者对图画书的专业认知度需要提升。

图画书市场热潮涌动，不可否认的是躁气也有些弥漫，图画书的出版门槛变得有些低了，鱼龙混杂的现象也比较严重。与其他门类的童书一样，要做出好的图画书是需要一点专业精神的，大量的阅读和学习是必不可少的环节。大道至简，那些世界经典图画书无不简简单单，风格鲜明，但是这个简单里盛满了丰富，简单与丰富是一体两面，绝不是单薄和肤浅。越是简单的东西越难做，这个道理创作者心里明了，但还是有些着急了，没有真正静下心来钻研进去。"绝知此事要躬行"，建议创作者悉心研究图画书的艺术特质，多看世界优秀的图画书，对它的门道了然于胸再落笔。

从心中有到笔下有还有一段路要走,无论哪种形式的图画书,故事是基础(无字书也是有一个故事创意在统摄的),是源头,创作图画书不要贪大求全,尽量从小处入手,一本书讲一个故事,把劲儿用足。

(三)绘者要提高图画书综合素养。

图画书与一般儿童读物的最大区别就是,图画的重要性被提到了至高层面,图画不再是文字的辅助、装饰和陪衬,它是文字之外另一个同等重要的叙事语言。无字书更是将图画的重要性推到了极致。因此,画家的创作格外重要,甚至对一本书的成败起到关键作用。早些年我们做原创图画书物色画家十分困难,那时还没有从事原创图画书的做事氛围,虽然不缺技法娴熟的画家,但是找上门去人家不愿意接这个吃力不讨好的"小活儿",我们缺的是既有娴熟的技法又有精深理解的画家。早些时候的原创图画书多是"文+图"的方式呈现,尽管作者和编辑理解了图文"你中有我,我中有你"的含义,尽力促进与沟通,但由于绘者的认知不到位,最后呈现的效果还是留下了一些遗憾。近些年来我们欣喜地看到这种局面正在发生显著改变,许多有创意、懂技法、观念现代、视野开阔的年轻人越来越多地投身于图画书创作领域。目前出版的原创图画书多是文字作者和图画作者合作完成的,文图合一的作者尚不够多,随着理念的普及和深入,相信未来文图合一的图画书作者一定会更多地从画家当中产生。这就需要画家敢于跳出原有角色的自我设定,提高自己的综合素养,让作品整体变得扎实,立得住,立得久。

出版方面:

(一)出版社应自觉提高出版门槛。

进入 21 世纪的第二个十年后，图画书创作、出版、推广明显升温，图画书逐渐完成了它在中国的认知旅程，作为少儿读物中的一个品种固定下来，已经成为少儿出版的"标配"。前些年媒体曾有一种说法，"图画书是童书出版的最后一块蛋糕"，毋庸讳言，如今我们看到这块蛋糕和其他童书门类一样也出现了一哄而上的乱象。面对这种情况，出版社要理性对待图画书这个品种，需要有自律意识，尊重出版的规律，让专业的人干专业的事，既要舍得投入，又要摈弃跑马圈地大干快上的急躁行为和功利意识，这需要掌门人具有高瞻远瞩、放眼未来的气魄和"前人栽树，后人乘凉"的胸怀。

（二）图画书编辑需要加强学习，提高专业性。

在图书的出版过程中，编辑是核心环节。具体到图画书这个小众门类里，对编辑的要求可能更高。我以自己的工作经历体会到，一本好的图画书一定是多方合力而成的：作家、画家、编辑（策划统筹编辑 + 文字编辑 + 美术编辑 + 营销编辑）缺一不可。编辑是三方构架中不可缺少的那一方，是甚至可以与作家、画家平齐的一方力量。世界一流的图画书作者很多是文图一人或者关系十分亲密的人，国内还比较缺乏图文一体的成熟图画书作者，绝大多数时候是作者和绘者分工完成的，所以编辑的存在就显得特别重要。综观当前的童书出版，有专业度、有独立见地、能统筹项目整体的成熟图画书编辑还不是很多。市场上很多好的选题，就那样草率地推了出来，让人觉得很可惜。究其原因，是编辑工作不够专业，或者不够到位，浪费了作者的好故事、绘者的好技法。这里面的深层原因比较复杂，有时代、具体环境、发展阶段的影响，并不仅仅是编辑个人的原因。另外，做图画书要耐得住性子，慢慢打磨，所谓"工匠精神"在童书领域里，图画书应该能做出恰当的阐释。

陈晖：您对中国原创图画书未来五年的发展趋势有何预判？

刘蕾：虽然目前还存在着一些问题，但我对原创图画书的未来是看好的，它符合事物的发展规律。作者、出版者和读者是相互塑造的，这三个因素都在发生着显著的改变，随着育儿观念越来越先进，读者的鉴赏水平越来越高，精品出版、价值出版、品质出版的理念已经成为有追求的出版者和作者的共识。对于中国原创图画书而言，在市场上与国外沉淀了几十年的经典和优秀之作同台竞技的确是艰难的，但这个最困难的阶段正在慢慢过去，我们的视野更加开阔，本土文化和世界眼光相互交融，根植于本土文化土壤里的血脉认同和文化基因是无法替代的，它们正在以更多样的方式被挖掘和呈现出来，加上国家政策方面对于原创的支持，未来一定会诞生更多优秀的原创图画书，它们将与世界上的优秀图画书一起，参与全世界孩子的心灵成长。

陈晖：编辑在中国原创图画书创作中应该或能够起到什么作用？

刘蕾：做童书编辑二十多年，各种类型的童书都涉足过，比较下来，我个人感觉原创图画书最难做。这样说并无意否定其他图书门类编辑的作用，但是图画书确实是最需要编辑参与、最能展现编辑才华、最能够体现编辑作用的一种童书类型。

图画书可以用"麻雀虽小，五脏俱全"来比方，从一个点子到最终成为一本被读者接纳的图画书，这中间要经过"万水千山"，其间起步的忐忑、跋涉的艰辛、柳暗花明的转折、接近目的地的惶恐……编辑都要与作者、绘者一起经历，编辑甚至要经历所有环节。根据我自己的体会，做一本原创图画书，就是一场漫长的战争，一场甜蜜的约会，一段难忘的旅程。

前面说了，好的图画书一定是多方合力而成的：作家、画家、编辑缺一不可。编辑是作者、绘者之外的第三个角，只有这三个角都结实了，这本书才能立得住。由于图画书的选题来源和运作方式不一而足，编辑的作用也不一样。有的选题由艺术观念成熟，对想要表达和呈现的东西十分清楚的作者或者绘者提出，这种情况下做编辑就很幸福了，在内容打磨上省去了很多精力，还可以跟随大家学习许多宝贵的艺术经验。实际上我国很多图画书大家比如蔡皋老师、朱成梁老师、周翔老师、彭懿老师、王祖民老师等本身也是或曾经是编辑，与他们合作的过程对年轻编辑来说无疑是一次相当宝贵的"专业培训"。

由创作者提出成熟选题毕竟是少数，在实际工作中，大部分选题都是由出版社提出的，这时候编辑的作用就是举足轻重的。从策划组稿开始编辑就要张罗，故事、绘画、图文合成、反复打磨、印刷盯色、营销推广甚至销售监控……需要操心的事情非常多，这时编辑的角色更像一个"导演"或者产品经理（现在相当多的出版社对编辑的管理就是产品经理制），全程把控多点渗透，概括起来说，编辑就是那个"寻找故事的人、呈现故事的人和推广故事的人"。

陈晖：图画书编辑应该具有的素养和能力有哪些？

刘蕾：在童书编辑里，图画书编辑是一个比较新的岗位，是随着图画书作为童书的一个门类被确认而逐渐产生的。除了与其他门类的编辑具备相同的素养和能力之外，建议图画书编辑在以下几个方向做出努力。

（一）做有专业度、有存在感的编辑。

在图画书的运作中，尤其是由编辑提出的选题，作者、绘者和编辑很像一个项目小组，编辑应该起到组长的作用。文稿组织、故事分镜、画家选择、风格设定、文图打磨、印制把关、营销推广……每一个环节都需要编辑的深度参与甚至是主导。无论哪一个环节要做好都不容易，尤其是作品打磨的环节，难以计数的沟通与修改，不分白天夜晚的讨论与商榷，不可能一帆风顺，总会有意见相左的时候。作为编辑要记住，所有工作环节都要以真诚打底，在诚意之上用专业的文字、设计能力与作者磨合，给出建议。无论作者是享有盛誉的名家，还是初出茅庐的新人，要从内心做到一视同仁。作家和画家多是个性鲜明的人，合作中可能会更多地站在自身角度考虑问题，出现分歧很正常，这就要求编辑既要理解作者的想法、包容作者的艺术个性却又不能盲目听从，用专业的建议引导作者的艺术才华服务于书，而不是单纯地展露自己的才华，把书做好才是核心目标和终极目的。很多刚刚涉足图画书领域的作者对这个"创作"过程并不熟悉，往往会表现得比较着急，这时编辑要沉得住气，要让作者及时知晓工作环节和进度，以免产生误会。在我合作过的作者里，绝大多数作者都给予了充分的信任和理解，通过书的合作，我们成了很好的朋友。

仔细看很多原创图画书，会发现编辑工作做得还不够。出版节奏太快，编辑们普遍太忙了，出版还是应该奉行专业的人做专业的事。时代众声喧哗，要安静地做事很不容易，这是对人的定力的一种考验。编辑要在产品中追求存在感，我说的这个存在感不仅是媒体曝光率和社交平台的发声，这个存在感更多地是用书来呈现的。好书自己会说话，是做书的专业性，做事的专注度，是作者愿意交付书稿画稿的信赖，是书成为好书的保证。

（二）图画书编辑要有良好的文字感觉和能力。

图画书的形式多种多样，它的源头和基础是故事，即便是无字书，也有一个隐形的故事和创意在统摄全局。在图画书里，有不少文字量相对较多的品种，比如多版本的世界文学名著绘本，《爷爷变成了幽灵》《开往远方的列车》《西雅图酋长的宣言》《最重要的事》等，文字量相对较多，从某种意义上讲，这是文学性绘本，要想做好，编辑必须具备良好的文字感觉和能力。有的学者将图画书归于儿童文学，也不无道理。而一些给低幼儿童看的图画书，文字量很少，貌似对编辑的要求并不高，其实是一种误解。幼儿读者的特殊性要求编辑充分了解其认知特点，文字风格要简单质朴，讲究重复，尽量少用形容词，这才符合幼儿读者的接受能力。图画书太丰富了，好的文字编辑一定要具备好的文学感觉、好的文字能力，针对特定的类型设定恰当的文字风格，妥贴地处理文本。编辑最好养成勤于动笔的习惯，常常写写书评和手记，让自己的笔不涩，写作也是一个训练思维的过程，对工作有助益。除了文编，美编最好也能养成读书的习惯，培养良好的文字感觉。我对美术编辑的选择标准，其中一个重要因素就是要具备良好的文字感觉。

（三）图画书编辑要有良好的图像审美能力。

图画书是一种多元的艺术，图画是与文字同等重要的叙事语言，在无字书里，图画更是唯一的显性语言，承担着重要的叙事功能。我们看多了欧美经典图画书，甚至能够看到西方美术史上的各种流派和风格。大画家认真虔诚地为孩子们画"小书"，这是一个特别美好的事。我们在这方面还有不小的差距。编辑只有具备了良好的图像审美能力，才能驾驭这种图书形式。这里说的图像审美能力也包含版式设计、开本设定、细节处理、纸张选择等内容。在项目分工中美术编辑承担了具体的图像处理工作，但我要强调的是，作为项目组成员的文字编辑最好也能学习一下中国美术史和西方美术史，多听一些专业讲座，多逛博物馆和美术馆，培养自己良好的艺术品味和鉴赏力。随着时代的发展，人们获取知识的渠道变得非常多元而便捷，未来比拼的可能就是审美能力和想象力，而图画书是最适合培养孩子想象力和审美能力的品类。良好的图像审美能力和文字能力一样，都不可能短时间内获得，需要长期的"浸泡"和熏陶。

（四）图画书编辑需要广泛而优质的阅读。

这个话题很容易理解。无论是不是图画书编辑，这个要求对编辑而言是普适性的。人生短暂，怎样在有限的时间里获得更美好的性情和更丰富的智慧，具备良好的人文素养，广泛而优质的阅读是一个便捷通道。编辑是杂家，除了专业书，可以把阅读的视野拓得宽一些，适当涉猎其他门类，读经典，也读杂书，从各种文化里吸收营养，量的积累一定会形成质的变化，前面说的文字能力和审美能力也是可以通过阅读获得的。读书是一生的事，很难想象一个不读书的人会把书做好。

（五）图画书编辑要学习做一个"天真的小孩"。

做编辑久了，发现一个有趣的现象：图画书做得好的编辑多是一些简单的人，他们有一个共性——热爱生活，对生活葆有强烈的好奇心。有一种说法，图画书的读者是 0 ~ 99 岁，那么从出品方来看，如果把图画书简单地归入低幼读物，那真是一个可笑的误解。图画书是一个具备了深度、广度和宽度的辽阔世界，它用文字和图画两种语言进行自由组合花样百出，面对无限丰富的世界进行了同样丰富的表达。看看那些世界经典图画书，如果真的读懂了，内心会生出庄重的敬意、温柔的怜悯和深深的喜爱。前面说的几条建议多是侧重了"术"的层面，从"道"的层面来讲，作为图画书"导演"的编辑要想做出好的图画书，就要不断地走近它，深入地理解它，扎进去再出得来，让自己具备化繁为简、举重若轻、返朴归真的意识和能力，用这种意识和能力作为职业的支撑，一定会做出好的图画书。

人生短暂，艺术永恒，能以编辑的角色与图画书相遇，我觉得这是不小的福气了。葆有天真是一种能力，愿图画书编辑们学习做一个小孩，用童心与世界对话。

图书在版编目（CIP）数据

中国图画书创作的理论与实践 / 陈晖著 .—长沙：湖南少年
儿童出版社，2020.9（2021.4重印）
ISBN 978-7-5562-5001-1

Ⅰ．①中… Ⅱ．①陈… Ⅲ．①儿童故事 – 图画故事 – 文学
创作研究 – 中国 Ⅳ．① I207.8

中国版本图书馆 CIP 数据核字（2020）第 047204 号

中国图画书创作的理论与实践

ZHONGGUO TUHUASHU CHUANGZUO DE LILUN YU SHIJIAN

总 策 划：吴双英	策划编辑：周 霞 吴 蓓
责任编辑：吴 蓓	封面设计：陈泽新 陈姗姗
营销编辑：罗钢军	版式设计：雅意文化
质量总监：阳 梅	

出 版 人：胡 坚　　　　　出版发行：湖南少年儿童出版社
地　　址：湖南省长沙市晚报大道 89 号　　邮　　编：410016
电　　话：0731-82196340（销售部）82196313（总编室）
传　　真：0731-82199308（销售部）82196330（综合管理部）
经　　销：新华书店
常年法律顾问：湖南崇民律师事务所　柳成柱律师
印　　制：当纳利（广东）印务有限公司
开　　本：889 mm × 1194 mm　1/16　　印　　张：15.5
版　　次：2020 年 9 月第 1 版　　　印　　次：2021 年 4 月第 2 次印刷
书　　号：ISBN 978-7-5562-5001-1　　定　　价：78.00 元